新时代的青春力量

YOUTH POWER IN THE NEW ERA

宋　娟　王宏原 ◎ 主编

光明日报出版社

图书在版编目（CIP）数据

新时代的青春力量 / 宋娟，王宏原主编 . -- 北京：光明日报出版社，2024.9. -- ISBN 978-7-5194-8280-0

Ⅰ . I247.5

中国国家版本馆 CIP 数据核字第 2024DR0484 号

新时代的青春力量
XINSHIDAI DE QINGCHUN LILIANG

主　　编：宋　娟　王宏原	
责任编辑：陈永娟	责任校对：许　怡　李佳莹
封面设计：中联华文	责任印制：曹　诤

出版发行：光明日报出版社
地　　址：北京市西城区永安路 106 号，100050
电　　话：010-63169890（咨询），010-63131930（邮购）
传　　真：010-63131930
网　　址：http://book.gmw.cn
E - mail：gmrbcbs@gmw.cn
法律顾问：北京市兰台律师事务所龚柳方律师
印　　刷：三河市华东印刷有限公司
装　　订：三河市华东印刷有限公司
本书如有破损、缺页、装订错误，请与本社联系调换，电话：010-63131930

开　　本：170mm×240mm	
字　　数：147 千字	印　张：12
版　　次：2024 年 9 月第 1 版	印　次：2024 年 9 月第 1 次印刷
书　　号：ISBN 978-7-5194-8280-0	
定　　价：85.00 元	

版权所有　　翻印必究

编审委员会

主　编　宋　娟　王宏原
副主编　董灵心
委　员　(以姓氏笔画为序)
　　　　　王　阳　刘晓畅　安思颖
　　　　　张　力　李浩爽　陈　延
　　　　　宋祺晨　玛依拉·乌斯曼江
　　　　　梁天驰

序　言

  时光的长河中，每个瞬间都是历史的注脚，而每一段历史，都是青春的注解。在北京邮电大学经济管理学院，我们见证了无数青春的脚步，每一步都踏实有力、坚定昂扬，这是一群早已启航，在梦想的道路上披星戴月、不断前行的奋进者。

  我们赞颂那些身穿军装屹立于旌旗下的经管人，他们选择了一条艰苦卓绝的道路，以热血弘赤忱初心，怀深情筑大国风骨；我们怀揣敬意，记录下那些扎根基层、丹心报国的经管人，他们的足迹遍布祖国的大江南北，他们的情怀深植于民族的繁荣昌盛；我们崇敬那些恪守教学职责、严守师德师风、坚守育人一线的教师，他们呕心沥血、勤耕不辍，用行动践行着青春无悔、育人无愧；我们感谢育人团队的倾情努力，他们用一笔一画书写青春轨迹，用多样成绩彰显汗水可贵。

  这本书是一座纪念碑，它不仅仅立于北京邮电大学经济管理学院这片育人沃土之中，更立于时代变革与发展浪潮之上。通过这些故事，我们不仅仅看到了青年的成长、人生的践悟，更看到了一个个关于奋斗、关于梦想、关于责任的时代掠影。在本书中，您将看到一幅幅青春的画卷，他们的故事映照着经管人的赤诚之心，这将始终激励着我们奋勇前行。故事的文字源自他们的亲身经历，出自他们的肺腑之言，感谢诸多经管人为此书提供的文字素材。

　　教育是一场幸福的遇见，亦是一场爱与被爱的修行。愿每一位奋进者都能在这里找到自己的成长轨迹，愿每一个梦想都能在这里照进现实，愿这些故事能够激励我们，让我们每一个人都能在青春的岁月里，筑梦成长，育梦成光。

本书编写组

2024 年 1 月

目 录
CONTENTS

初篇·踔厉奋发的经管学子

第一章　丹心报国的经管人 ······ 3
　黑晓斌——初心如磐，逐梦基层 ······ 4
　岳旭——素履之往，一苇杭之 ······ 7
　韩军峰——最高的海拔，最深沉的爱 ······ 10
　徐立洋——扎根基层，奔赴远征 ······ 13
　张文菁——用奋斗书写青春 ······ 16
　戴雨龙——以身作则，献身支教 ······ 18
　张潇文——用青春讲好支教故事 ······ 22
　张昊泽——薪火相传，投身支教 ······ 24

第二章　最"长"情的经管人 ······ 27
　·长顺籍学生· ······ 28
　钟继可——不止步于普通 ······ 29
　杜琳琳——回乡支教的长顺姑娘 ······ 32
　赵富霞——进击的追光女孩 ······ 35

- 长顺驻村支教骨干 ·· 38
  - 李昕玥——做一个有趣的"仙女"支教教师 ·················· 39
  - 万霞——播撒种子的支教教师 ································ 42
  - 王慧——跨越山海,为你而来 ································ 44
- 长顺实地调研 ·· 47
  - 落实精准扶贫,增强责任意识
    ——贵州省长顺县乡村振兴实践团 ·························· 48

第三章 旌旗下的经管人 ·· 53

- 覃吉好——携笔从戎的第一代北邮人 ···························· 54
- 付婷婷——用心扎根的青春 ······································ 58
- 李景龙——永不后悔的参军之旅 ·································· 60
- 伊斯卡克——扎根心底的梦想 ···································· 62
- 张润斌——受益一生的从军梦 ···································· 64
- 丁国乐——重拾生活的激情 ······································ 66
- 杨文强——身心淬炼的军旅青年 ·································· 68
- 阿尔神·阿尔斯坦——传承两代的报国之志 ······················ 70
- 赵超越——永远沸腾的记忆 ······································ 75
- 高宏斌——坚定不移的从军选择 ·································· 78
- 吴靖杰——人生最美是军旅 ······································ 81
- 张凯翔——深入心灵的家国情怀 ·································· 84
- 王建伟——军人退伍不褪色 ······································ 87
- 李想——勇敢练就的优秀品质 ···································· 88
- 杨迪——永远优秀,永记初心 ···································· 90
- 张可凡——在三尺哨台上书写无悔青春 ·························· 92

莫远洪——永葆热爱，奔赴下一场山海 …………………… 95
陈文武——携笔从戎，只争朝夕 ………………………… 99
宝浩铭——在部队中书大丈夫之志 ……………………… 103
负钧——从军旅到校园的雷锋精神 ……………………… 107
陈亮——国奖学霸的军旅青春 …………………………… 111

中篇·团结实干的经管集体

第四章　集体荣誉 ……………………………………… 117

突出四新，提升三力，打造一品
　　——全国党建工作样板支部 …………………………… 118
情聚经管，建家爱家——北京市教育工会先进教职工小家…… 123
敬业协作，创优奉献——北京市青年文明号 ……………… 127
深入乡村，同心结对
　　——北京高校红色"1+1"示范活动二等奖 ……………… 130
共建助振兴，平谷邮乡情
　　——北京高校红色"1+1"示范活动优秀奖 ……………… 132
不逝电波，传承百年——北京市优秀班集体 ……………… 135
公道大明，管鉴天下——北京市先进班集体 ……………… 138
矢力奋进，厚德笃行
　　——北京市"先锋杯"优秀基层团支部 ………………… 141
探寻文物，追溯百年——首都大学生社会实践优秀团队 …… 145
以书会友，以文沁心
　　——首都大学生心理健康季团体共读大赛三等奖 ……… 148

尾篇·传承创新的经管品牌

第五章　世纪讲坛 ……………………………………………… 153

世纪讲坛第 37 讲——世纪讲坛四周年庆典 ………………… 156
世纪讲坛第 60 讲——世纪讲坛六周年庆典 ………………… 158
世纪讲坛"特别奉献"讲座——思维决定人生 ……………… 160
世纪讲坛第 80 讲——世纪讲坛九周年庆典 ………………… 161
世纪讲坛第 108 讲——世纪讲坛十二周年庆典 ……………… 162
世纪讲坛第 116 讲——世纪讲坛十三周年庆典 ……………… 164
世纪讲坛第 120 讲——人生选择，有点意思 ………………… 166
世纪讲坛第 126 讲——世纪讲坛十四周年庆典 ……………… 167
世纪讲坛第 137 讲——世纪讲坛十五周年庆典 ……………… 169
世纪讲坛第 139 讲——大学生对科学的一"网"情深 ……… 171
世纪讲坛第 140 讲——数字经济时代的机遇与挑战 ………… 172
世纪讲坛第 144 讲——人生体验与治学格言 ………………… 173
世纪讲坛第 150 讲——世纪讲坛十六周年庆典 ……………… 174
世纪讲坛第 156 讲——解读传统文化中的人生智慧 ………… 176
世纪讲坛第 159 讲——目光，我的医学窥镜 ………………… 177

初篇·踔厉奋发的经管学子

经心树人·学生篇——培根铸魂,启智润心

第一章
丹心报国的经管人

祖国的边疆,从来不缺乏热血沸腾的青年;青春的边疆,从来不限于灯红酒绿里的裘马轻狂;有一群人,他们正在用青春沃灌你我的诗和远方。

黑晓斌
——初心如磐，逐梦基层

黑晓斌，经济管理学院2019届研究生。本硕均就读于北京邮电大学经济管理学院，本科毕业后参加了西部计划研究生支教团项目，前往新疆阿克苏支教一年，在校期间曾经担任校研究生会主席，曾获北京市优秀共青团干部、北京市基层就业卓越奖、优秀毕业生等荣誉。

北京求学八年，乡镇基层四年，从高校团委到乡镇基层再到职能部门，得益于母校的悉心培养和基层的锻炼，他完成了自己从懵懂到熟悉、从忐忑到自信的蜕变。如习近平总书记所讲："在飞逝的时光里，我们看到的、感悟到的中国，是一个坚韧不拔、欣欣向荣的中国。"[①] 坚韧不拔、欣欣向荣从何而来？正是体现在年青一辈身上！

一、扎根于农村，扎根于基层，做好一名朴实青年

黑晓斌刚来到兴庆区月牙湖乡时，他面临的第一个挑战就是积极改造思想、抓紧转变角色。月牙湖乡是一个典型的移民乡镇，也是银川市

[①] 国家主席习近平发表二〇二二年新年贺词 [EB/OL]. 人民网，2022-01-01.

的外来户乡镇，由于自然资源禀赋匮乏、地理位置相对偏远、产业结构传统单一、发展空间相对不足、群众内生动力不足等问题，月牙湖乡依然停留在贫穷落后的位置上，依然是兴庆区乃至银川市发展的短板。因此，月牙湖乡的情况相对复杂，乡镇基层的事务繁多。黑晓斌作为月牙湖乡海陶北村的副书记，以及乡党政办的一员，紧紧抓住每一个与村民和经验丰富的乡镇干部面对面交流的机会，去了解乡镇基层，将自己完全融入基层，压实自己的工作责任。

二、少说多做，学以致用，做好一名实干青年

在高校和支教期间，黑晓斌尤其喜欢和擅长组织、主持各类活动。因此，初到陌生环境的他从撰写每一份简报、做好每一次会议纪要开始，逐渐适应工作节奏。他的工作准则就是从填写好一本帮扶手册开始，向周围的同志认真学习，并不断提升自己的境界。微信公众号内容的发布，文艺活动的主持开展，新时代文明实践中心的设计打造，在担任村书记的同时他兼任了乡镇的宣传专干，在分局机关办公室工作的同时又兼顾了市局的宣传主播。似乎突然之间，两条支流在某个时间点并线，这让他快速成长起来，也让他越发觉得工作有滋味和成就感。

三、取色于学堂，挥毫于家乡，做好一名壮志青年

"厚德博学，敬业乐群"，这是黑晓斌始终铭记于心的校训。如何在工作中不断突破自己，在他看来最关键的一点就是要从内心深处认同自己的工作。临近毕业时，他和导师就毕业去向进行过一番谈话，互联网、银行、国企……如何选择困扰着他。老师当时用马斯洛需求层次理论帮他进行了分析——生理、安全、社交、尊重以及自我实现，也许外

地的工作可以更好地满足衣食住行的生理需求，但在这样一个重大的人生选择面前，他选择了回到家乡、来到乡村，成为一名家乡的基层公务员。2019年刚到月牙湖乡就遇到疫情暴发，大年初一他就前往了内蒙古交界处的防疫卡点，想到那冬天黄河边的帐篷，想到一起并肩奋战过的村干部、公安干警和医务人员，黑晓斌说："我比任何时刻都坚定自己回到宁夏工作的想法，发自内心地感受到了自己的理想信念。当时我写过这样一句话：脚下，是家乡的土地；心中，是人民的期盼；前方，是胜利的团圆！"

四、担当作为，廉洁奉公，做新时代市场监管人

回到市场监督管理局后，作为年青一代的市场监管人，黑晓斌带头践行习近平总书记"四个最严"要求，牢牢守住食品安全底线，着力强化"勇于担当、善于作为、真抓实干"的工作追求，充分发挥党员先锋模范作用，做到知责于心、担责于身、履责于行，切实把核心主业放在心上，抓在手上，落实在行动上。他希望自己可以绘就拼搏奋斗的绚丽人生画卷，让青春在为祖国、为人民的奉献中焕发出更加夺目的光彩。激发"青春绿色"，在艰难险阻中奋勇直上；赓续"中国红色"，坚定不移做"两个确立"的捍卫者、"两个维护"的践行者；绘就"正义蓝色"，在市场监管工作中发扬"俯首甘为孺子牛"的奉献精神，矢志不渝用忠诚书写为民情怀。

岳旭
——素履之往，一苇杭之

岳旭，经济管理学院2017届本科生。在校期间，曾担任经济管理学院2013级第二党支部副书记，校学生会副主席，荣获国家励志奖学金、三等奖学金，获评2016年全国大学生自强之星提名奖，多次被评为"优秀党员""优秀学生干部"。

一、心之所向，素履以往

2017年，岳旭肩承"传邮万里"的铮铮使命，心怀"虽千万人吾往矣"的拳拳赤忱，凭着满腔热血义无反顾地奔赴雪域高原，以癯瘦的身躯践行"缺氧不缺精神"的时代担当，在祖国的边境线上留下一个个坚定的青春足迹，把热情和热血化作推动发展、深化改革的坚韧毅力，用专业素养和敬业精神践行了北邮人崇尚奉献的家国情怀。

在日喀则工作的六年多时间，他始终坚守初心使命、保持赤子之心，坚持在干中学、在学中干，积极深入边境地区、高海拔地区、偏远农牧区调研脱贫攻坚、乡村振兴等方面的重要课题，先后走遍日喀则市18个县区，行程达10万余公里，提出了一系列具有针对性、建设性的政策建议，有效推动解决了一批具体问题。

他说，孤身一人在高原工作，更喜欢做一个"街溜子"。他的身影经常穿梭在日喀则的田间地头、国门口岸、老城街巷、市井烟火中，在一次次与当地老乡盘腿笑谈、拉扯家常的过程中，他与当地老乡结下了深厚情谊，更加坚定了扎根雪域、奉献高原的追求，更加激发了奋发学习、更好地服务当地老乡的工作热情。

二、扎根雪域，逐梦高原

七年时间，他坚持把岗位当战位，把笔杆当枪杆，把守边固边作为崇高使命担当，在岗位上肯钻研，在工作中重创新，积极参与推动日喀则招商引资、外贸发展、疫情防控等重点工作；充分发挥参谋助手作用，先后多次参与谋划全市工作，累计撰写各类文稿资料百万余字，多篇调研报告直接推动决策，努力做到以文辅政、文以载道。

七度春秋，他视他乡为故乡，将热情化为亲情。在抗震救灾一线，他与受灾牧民一起搭救灾帐篷、支牛粪炉子；在疫情防控中，他同社区干部一起做核酸采样……六年时间，他先后克服高寒缺氧、语言不通等困难，习惯了高海拔地区的紫外线，学会了就着酥油茶捏糌粑，喜欢上了牛肉馅饼和藏面，每次下乡时他都会带点糖果分给路上遇到的小朋友们，雪山和双彩虹成了他心底最深沉的眷恋……

他说，在一个地方待得久了，离开后会像个"孤儿"，这些年是高原培育锻炼了他，他也必将回报高原。苦寒的高原，难凉逐梦人的热血，他的心中应该有个火炉，存着那种不仅可以温暖自己，而且可以随时燃烧自己、温暖别人的火种。

三、念彼共人，眷眷怀顾

每个人都有自己的追求和向往，祖国的边疆，从来不缺乏热血沸腾的青年；青春的边疆，也从来不限于灯红酒绿里的裘马轻狂。有一群人，他们正在用青春奋斗沃灌你我的诗和远方。在建设美丽西藏、维护民族团结的过程中，有这样一个北邮人，在海拔3800米的高原上有他清癯瘦削的身影，在祖国需要的地方有他笔耕不辍的奋斗。

岳旭，始终愿如孺子牛一样默默耕耘，他努力用一点点心血锲而不舍地镌刻他内心的追求，他也在一点点地使理想更加具象明了。念彼共人，眷眷怀顾。他说，他只是在高原上许多奋斗的平凡人中不起眼的一个。的确，海洋中的每一滴水珠都会迎着阳光闪烁。

韩军峰
——最高的海拔，最深沉的爱

韩军峰，经济管理学院2019届研究生，现任中国联合网络通信有限公司综合部总监，北京邮电大学经济管理学院校外辅导员。获"国家第九批援藏表现优秀个人"及集团级"好员工""劳动模范""优秀共产党员"称号。工作事迹被媒体报道并入选国家纪录片《高原之上》在央视轮播。

2019年，正在基层交流的韩军峰响应组织号召，远赴西藏自治区阿里地区革吉县开始为期三年的援藏工作。"山高路远风大，同心协力谋划"，援藏期间，认真负责、阳光乐观的韩军峰不仅完成了资金援藏、人才援藏等援藏任务，而且将"奋斗为荣"践行在援藏一线，高效率地完成了当地政府分管领域工作。

初上高原，韩军峰努力克服高原反应，第一时间带队深入牧区调研脱贫攻坚工作，几次遇险情，短期内走遍全县四乡一镇。在摸清当地经济发展情况后，他主动找出路、积极想办法，推动援藏资金对接，巩固拓展脱贫攻坚成果并推动和乡村振兴有效衔接。他勇于创新，牵线中国农业科学院、西藏农业科学院引进新技术、新试验，破解当地牦牛产业发展难题；推进"消费扶贫"活动，实现扶贫产业多项"零"的突破，给当地群众带来更多获得感和幸福感。

一、"我要做一棵高原红柳，只要能喘气，就要多干事"

韩军峰牢记进藏誓言，用心用力用情全方位开展工作。他积极开展公益助学、科技进校园、志愿者支教等多场活动，捐款捐物解决贫困群众和师生难题，积极推动当地干部群众与内地的交往交流交融活动，协同中讯设计院创建了"暖心助学 联通你我"公益品牌。他学习政策、热心助人，协调解决了违建拆除、孤儿入伍、群众子女入学、农民工信访等多件具体实事，针对牧区非婚生子、控辍保学等提出详尽政策建议调研报告并被当地采纳实施，身体力行为革吉县提升教育质量及服务社会民生做出积极的贡献。

二、"我们革吉的孩子是距离太阳最近的孩子，他们肯定可以向阳生长"

在《高原之上》纪录片中，韩军峰的深情诉说引得不少观众眼眶湿润。如果要问韩军峰对三年援藏印象最深刻的是什么，他一定会脱口而出——革吉县的孩子们。

援藏期间，教育领域是他倾注最多心血的地方。每次下乡，他都会到学校转一转，和师生们聊一聊，事无巨细、想方设法为学校和学生解决各类困难。学校老师还记得韩军峰到校第一次调研座谈时的情形，"学校最迫切待解决的困难是什么？老师们最关心的事情是什么？孩子们最需要的是什么？"等问题还回响在耳畔。在韩军峰的努力下，县小学的教工之家扩建项目启动了，多媒体教室的捐赠设备到货了，老师们的现场培训开展起来了，学校图书馆建起来了，到内地的培训实施了，孩子们开始和内地同龄人通信了，联通员工组成的支教团队走进校园了……对于韩军峰的经常出入校园、进出教室，当地孩子们都已习以为常，每次看到韩军峰的身影都会争先恐后涌上去喊一声："韩老师好！"

"孩子们，拜托你们一件事：请不要给自己的人生设限。你们生长在世界之巅，你们的目光应该看到最远的远方、最广大的世界、最宽广的舞台。"

韩军峰这段在2022年六一儿童节上的发言被当地县小学印在毕业纪念本上，也深深镌刻在当地孩子们的心里。离藏前夕，当地小学小升初的成绩出来了，一共有8名孩子考上了内地西藏班，是近年来最好的教学成绩，这极大地鼓舞了当地教师、家长和孩子们的信心。当地县领导也给他发消息："这是送给韩书记援藏结束最好的礼物。"

徐立洋
——扎根基层，奔赴远征

一、心系集体，初心不改

履职尽责，牢记使命，脚踏实地。徐立洋积极参与学生工作，在校读研期间担任经济管理学院硕士2020级第四党支部宣传委员，经济管理学院年级宣传委员，2020112101班宣传委员、心理委员，本科期间担任法学院公共事业管理1602班组织委员。担任党支部宣传委员期间，协助党支书开展党支部活动，曾主持多次党支部大会，带领支部同志参观首都博物馆，联合北邮社区组织垃圾分类志愿服务活动，负责党支部会议记录工作；撰写新闻稿30余篇，负责会议、活动的摄影记录。担任学院大班及2020112101班宣传委员期间，协助经济管理学院公众号运营与推送图文制作。担任班级心理委员期间，为了开展破冰活动，组织了"新生素质拓展""心理素质教育中心参观体验"等活动，关注不同阶段同学心理，号召宿舍心理负责人积极参与校院级心理培训活动。通过个人自荐与班级推选的方式，成为北京邮电大学第十八次研究生代表大会代表。担任团支部组织委员期间，在南京组织策划了若干团建活动，包括"紫金山登高行""侵华日军南京大屠杀遇难同胞纪念馆参观"等活动。

二、力学笃行，志愿奉献

刻苦钻研，勤勉思考，练就本领。徐立洋在校期间学习成绩优异，社会实践经历丰富。研究生时期学位课平均分92分，在省级期刊发表一篇论文，积极参加学科竞赛，荣获第五届中国研究生公共管理案例大赛全国百强暨国家级三等奖。在社会实践方面，积极参加社会实践活动，2022年于国家发展改革委创新驱动发展中心协助筹办全国"双创"活动周暨创新创业高质量发展峰会，参与制订初步峰会方案、完善参会人员名单、收集审定嘉宾发言材料、对接新闻宣传等；协助开展双创示范基地系统月调度工作，收集填报数据、凝练典型案例，参与撰写多篇课题研究报告。2021年担任暑期扬州市疫情防控志愿者，累计志愿服务时长达58小时，主要负责家乡核酸检测引导工作、上门摸排走访，以及帮助社区老年人注册健康监测平台等。

三、向下扎根，奋斗基层

锤炼品德，砥砺前行，奋斗青春。在大三暑假，徐立洋前往湖南湘西担任支教志愿者，在物资欠缺、条件艰苦的环境下，为当地的孩子们提供多样化的学习体验，带去丰富的教学物资与课程安排。本科与研究生共七年的时间里，徐立洋在公共管理专业始终保持刻苦的学习态度，多方面从事社会实践工作，扎实的专业知识积累以及对实习经验的总结让她下定决心要成为一名公务员。生在农村、长在农村的她，立志扎根基层、服务奉献，于2022年11月积极报考江苏省基层选调生公务员考试，经过努力备考，顺利通过公务员笔试、面试、差额考察以及体检环节。怀抱着反哺家乡的坚定信念，徐立洋笃定地踏上基层选调之路，定将秉持母校精神，勤于奉献，踏实笃行，怀抱着青春的热情与昂扬，投身基层工作，奔赴光荣与伟大的远征！

张文菁
——用奋斗书写青春

一、细心、用心、耐心,把支教教师的工作做实做细

刚来到阿克苏走上教师岗位的时候,张文菁面临的第一个挑战就是适应从学生到教师的角色转换。为了尽快融入新的集体,她积极发挥班主任这一角色的特点,每天陪学生上自习、参加劳动,晚上还会走进学生寝室,既检查寝室安全,又抓住机会和学生聊天谈心,倾听学生的烦恼,帮助学生解决学习生活中遇到的各种问题。通过这种方式,她快速赢得了学生的信任和喜爱,顺利开展了各项工作。

二、发挥特长、学以致用,做好理论的践行者

本科期间,张文菁曾担任校学生会主席、体育部部长等职务,组织开展了校级大型文体活动350余场,积累了丰富的经验。在阿克苏职业技术学院经管学院团委担任副书记期间,她主动承担起筹办各项活动的职责,组织举办演讲比赛、文艺会演等形式多样的学生活动,还带领学生成立了文艺表演队伍,不仅在阿克苏职业技术学院的文艺比赛中取得了好名次,还前往社区参与公益慰问演出。她凭借在校期间参加学科竞赛的经验，指导学生参与阿克苏地区创新创业大赛，在阿克苏职业技术学院和阿克苏地区的竞赛中均取得了优异成绩。以往的学生工作经验让张文菁在新的工作岗位上快速发挥作用，也使其能力得到更进一步的锻炼。

三、志存高远、脚踏实地，锚定方向不动摇

在学校学习期间，张文菁参加了国庆 70 周年系列庆祝大会的志愿服务工作；在阿克苏支教期间，她深入工作一线，切实做好支教工作。而且不管在哪里，她都主动承担最辛苦的工作：参加国庆 70 周年庆祝大会时，她肩负起为志愿者们做好后勤保障的任务，让志愿者们能够更加投入地完成工作；支教期间，她根据学生课堂反馈及时修改教案，并负责处理了很多学院行政工作。她始终相信，躬行践履、行而不辍，才能取得一番成就。

戴雨龙
——以身作则，献身支教

他是深入贵州，无私奉献的支教教师；他是屡获殊荣，以身作则的优秀共青团员；他是活跃在校园各个领域的新时代青年。身份的变换之间，不变的是青年人的责任与使命。

2022年，共青团中央做出表彰决定，授予457人（含追授3人）全国优秀共青团员称号，北京邮电大学经济管理学院2020级硕士研究生戴雨龙荣获"全国优秀共青团员"。

一、志愿诠释使命，奉献点亮青春

"让希望的种子在砥砺前行中绽放青春之光"是戴雨龙对志愿者精神最朴素的理解。在"厚德博学，敬业乐群"校训的指引下，他始终鞭策自己要树立长远的眼光和志向，把所学所想回馈社会，敢于实践，勇于创新。

2015年9月，戴雨龙同学本科入学后注册为北京市志愿者，积极参与校内外志愿者活动，如北京市航空总医院志愿项目、2016年GMIC全球互联网峰会志愿工作等，并获"优秀志愿者"称号。

本科毕业后，他参与"西部计划"，赴贵州省黔南州长顺县民族中学开展为期一年的支教志愿服务工作，负责生物课程的教学。在贵州省支教期间，为了让孩子们感受科技的力量，培养孩子们的科技兴趣，戴雨龙常常给孩子们分享我校校友、网络博主"老师好我叫何同学"原创的数码科技类视频，同时用他在学校所学的一些专业知识来为孩子们解读他们感兴趣的一些科技类资讯，这让长顺的孩子们的眼界得到了扩展，学习兴趣也更加浓厚。

戴雨龙还积极组织孩子们参与北邮"点亮微心愿"的活动，让每个人在卡片上写下一个小小的愿望，再将卡片寄回北邮，为他们实现宝贵的心愿。当孩子们的期待有了回应之后，大家内心的喜悦之情溢于言表，让戴雨龙收获了满满的成就感。活动过后，孩子们兴致勃勃，平时叛逆的孩子收敛起小情绪，开始认真听课，遵守课堂纪律。与此同时，戴雨龙把印有北邮校园标志性建筑的明信片送给孩子们，鼓励他们努力学习，奋发向上。

在贵州支教期间，除了完成基础教学任务，戴雨龙作为一名青年志愿者，积极投身县里的脱贫工作。他利用周末和晚上的时间为当地受教育程度较低的中老年人开设"扫盲班"，教他们写自己的名字和一些基础的常用文字；主动到杉木村帮农户收拾物资，清扫马路；作为"县两会"秘书组的成员，认真记录代表发言并细心整理……深入基层、踏实肯干，他身体力行地参与建设长顺县的实践。

2020年9月，戴雨龙成为一名北邮研究生。入学后不久他就向组织递交了入党志愿书，期望自己有一天站在党旗下，向党宣誓，为党、为国家、为人民奉献自己的青春力量。

二、学海探索不停，勇攀技术高峰

学习是学生的天职，在勤奋工作之余，戴雨龙同学在学习上从未放松对自己的要求，将学习和工作安排得井井有条。戴雨龙同学的本科和研究生的成绩都位居前列。大三期间，他与同专业同学组队参加美国大学生建模大赛，采用运筹学排队论思想设计充电桩数量，以保证充电桩的高效运转，他们的参赛论文取得优异成绩。研究生期间，他还参与了由中国灾害防御协会牵头的"国家数字化防灾减灾平台设计"等科研项目。

三、实践耕耘希望，兴趣助力梦想

和许多同学一样，戴雨龙爱好广泛，尤其热爱体育运动。他以兴趣为切入点，在实践中探索，将爱好与学生工作相结合，展现了大学生的青春智慧与活力。

研究生学习期间，戴雨龙报名参加了校研究生会，成为文体部一名工作人员，并策划举办了北邮品牌活动——校园十佳歌手大赛、校园研究生足球赛、"中兴通讯杯"研究生篮球赛。他通过努力，为足篮球赛聘请了更高水平的裁判员，大幅提升了比赛的专业性，同时创造机会让同学们增加与高水平院校的交流学习，在技术水平和心态体能上都获得了提升，得到了师生的一致好评。这些文体活动也帮助我校研究生与北京体育大学、北京师范大学、小米科技、中兴通讯等高校和企业加强了联系。

鹰击长空，雁飞千里。全国优秀共青团员的称号并非终点，而是新征程的起点，在戴雨龙同学身后，还有无数北邮学子在青春之路上砥砺奋进、坚守初心。坚定理想信念，书写使命担当，北邮青年将步履不停，踏实地走向未来，以行动诠释新时代的北邮精神，以赤诚追逐更伟大的家国梦想。

张潇文
——用青春讲好支教故事

张潇文作为北京邮电大学第十三届研究生支教团新疆分团的一员，在服务期间于阿克苏职业技术学院医学院开展工作。在一年中，张潇文认真完成学院领导交付的行政工作和教研室安排的教学任务，参与团地委、团市委组织的工作例会和团队建设活动，保持踏实肯干、锐意进取的工作作风，圆满完成工作任务。

一、勤学苦思，志愿服务基层

在思想建设方面，张潇文自主学习党的二十大精神、建团百年重要讲话精神、自治区第十次党代会精神等，认真学习和落实自治区关于西部计划志愿者的若干管理办法，通过多渠道了解新疆本土风俗，做好志愿服务工作。张潇文积极参加志愿活动，带领医学院志愿服务队开展义诊、福利院慰问活动。

二、深耕教育，思想引领学生

在教育教学方面，张潇文教授大学语文、普通话水平测试、计算机基础三门文化课程。由于家庭语言环境的影响，当地学生的普通话在语音语调方面存在较大的问题，张潇文仔细分析每个学生之间存在问题的相似性，制订了有针对性的教学计划，使学生的普通话水平有了较大提高。经过一学年10个单元的系统教学，从日常作业、课堂小测和期末考试来看，3个班级教学成果均较好，学生进步显著，期末成绩在同层次班级中名列前茅。"作为一名教师，最幸福的事情就是得到学生们的认可，每当看到学生们开心的样子，我就会觉得所有的疲惫和付出都是有价值的。"

三、严守岗责，实干牢筑事业

在行政工作方面，张潇文在阿克苏职业技术学院医学院分团委任职。负责青年大学习、学代会、学生会改革及工作人员培训、寒暑假社会实践、志愿服务活动等工作，协助开展各类校园文体活动。其中，医学院青年大学习成为常态化工作，学习率超过100%；胜利召开医学院第六届学生代表大会，形成完整合规的流程体系；扎实开展校园文体活动，如红歌赛、演讲比赛、诵读比赛等，提升学生综合素质水平，争取德智体美劳全面发展。

在一年的支教服务期间，张潇文把握立德树人的根本任务，坚持以"学高为师，身正为范"的标准要求自己，完成一学年的大学语文、普通话水平测试、计算机基础教学，协助医学院团委开展各项团学工作。在未来的学习和工作生活中，张潇文将牢记"自力更生、团结奋进、艰苦创业、无私奉献"的柯柯牙精神，秉承"厚德博学、敬业乐群"的北邮校训，讲好阿克苏故事，讲好支教故事，鼓舞更多的人到西部去、到基层去、到祖国最需要的地方去。

张昊泽
——薪火相传，投身支教

一、生逢其时，重任在肩

建党百年，奋斗"邮"我。2021年适逢庆祝中国共产党成立100周年，作为建党百年文艺演出《伟大征程》大学生合唱团的一员，张昊泽从学校到鸟巢，历时两个月的训练，和学校其余200余名同学共同圆满完成献礼任务。同时，张昊泽积极组织参与校内主题演出和宣传，弘扬伟大建党精神，让青年学子的爱党心声传遍整个校园。

青力冬奥，志愿"邮"我。2022年，张昊泽积极投身北京冬奥会、冬残奥会，服务于奥林匹克公共区人员管理领域，作为一名人事助理志愿者，和同组同事们每天负责整个奥林匹克公园公共区千余人的人员信息统计核查、点位核验、防疫情况摸排以及激励物资发放。日复一日地冲在冬奥的最前线，保障着整个公共区的稳定运行。近三个月的冬奥服务经历，让他满怀成就感与获得感，时刻激励着他继续发扬奉献、友爱、互助、进步的志愿精神，与祖国同赴冰雪之约，共筑冬奥之梦。

二、文体兼长，全面发展

文艺方面，张昊泽曾任校团委文体部副部长，组织举办"艺馨杯"文艺会演、"五月鲜花"合唱比赛、"寻找李白"话剧演出、"青春有young"演出、"燃烧"等多项校级大型文艺演出和文艺活动，为校园增添文化色彩。

体育方面，他曾组织"青力冬奥"主题马拉松、喜迎二十大新生马拉松、"一二·九"火炬接力赛等体育活动，累计覆盖我校7000余名学生，组织举办两届"篮俱杯"篮球赛、一届"校长杯"足球赛以及自行车慢骑比赛等多项校级大型体育赛事，为强健北邮学子体魄贡献力量。他也充分发挥带头作用，在学院篮球小班赛中两次取得第一名的成绩。

在投入文体活动的同时他也从未落下学业，曾获校级二等奖学金、三好学生、优秀毕业生、优秀共青团员等奖项及荣誉称号，并已获专业推免资格。并且他热心公益，在冬奥会、疫情防控的志愿服务中都可以看到他的身影，累计志愿时长达620.5小时。

三、不忘初心，一路"黔"行

张昊泽作为我校第十四届研究生支教团团长和贵州分团团长，在2023年7月，开始践行"到西部去、到基层去、到祖国和人民最需要的地方去"的誓言，他和贵州分团的其他9名同学于7月18日抵达贵州进行西部计划志愿者培训，在青年的理想信念、政治素养、业务水平等方面有了重大提升，为支教工作打下了坚实基础。

支教期间他服务于贵州省黔南布依族苗族自治州长顺县第三小学，

学校里孩子们天真可爱的笑容以及两校教师们对他们这些青年志愿者的殷切期盼,让他更感责任重大,使命光荣。在这一年的支教工作中,他将培训所学运用到工作实际中,不忘初心、牢记使命,用实际行动践行"请党放心,强国有我"的誓言,真正用一年的时间做一件终生难忘的事!

他说:"初心如磐,薪火相传,愿我们作为奋斗者、奉献者和开拓者可以秉持青春理想,以青年先锋面貌勇担重任,在祖国和人民最需要的地方绽放青春的绚丽之花。"

第二章
最"长"情的经管人

　　数年来，北京邮电大学经济管理学院与贵州省长顺县长期结对定点帮扶，学院始终秉承扶志与扶智相结合、育人与育心相统一的工作思路，鼓励学院师生通过驻村挂职支教、社会实践、一线调研等形式实实在在帮、真真切切扶，为长顺的发展变化献出最"长"情经管人的一份力，用心用情、实干实做助力乡村振兴。

新时代的青春力量 >>>

·长顺籍学生·

　　家乡的一草一木、一牲一畜、雨丝风片，都是我们人生的底色。时间已经不早了，可我一刻也不想离开你。我一刻也不想离开你，可毕竟时间已经不早了。道只是，故里人间。

钟继可
——不止步于普通

钟继可，男，本科就读于北京邮电大学经济管理学院信息管理与信息系统专业，与北邮结缘于2018年8月，作别于2022年6月。虽已告别学生身份，但北邮经管情怀早已深深铭于心中，刻在骨里。

在校期间曾任大班生活委员、世纪讲坛副部长；2019年参加新中国成立70周年阅兵庆祝活动，同年提交入党申请书，2021年发展为一名中共党员；大学期间热衷于参加志愿活动。

毕业后就职于北京某海外互联网公司，并任产品经理一职，主要围绕C端产品开展产品设计、研发管理工作。

一、初来胆怯，却仍坚定向前

北京邮电大学作为信息科技领域顶尖高校，具有丰富的信息技术、网络通信资源。也正是在这里，他接触了高新科技，命运的齿轮开始转动，为其人生的篇章定下了主旋律。

作为从长顺山区走出来的孩子，初至北邮，他对信息技术很是陌生。开学一个月里，他曾一度处于紧张、焦虑的情绪中。他至今都记得在一次座谈中，学院的领导、老师们耐心地给他分析差距、提供学习成长建议，不断鼓励他；辅导员老师也时常关注他的学习和状态；学习中的很多困难，也在学习委员和其他同学的帮助下得以解决。虽然谈不上成绩拔尖，但大学四年也始终没有掉队，紧紧跟随成绩优异同学的步伐，稳步向前。

二、投身活动，丰盈自身羽翼

刻苦学习之余，他积极投入各种学生活动，积极参与校内外志愿活动，丰富自身履历，学生干部工作经历充分锻炼了他的组织策划和团队管理能力。此外，为了缓解经济困难，他积极报名勤工助学岗位，并在其中结识优秀伙伴，学习工作技能；他还通过各种兼职活动挣钱解决自己和家里的部分经济问题，自食其力的同时也拓展了社会人脉。

他时刻谨记"服务社会，投身基层"的青春使命，大学期间参与多项志愿活动，养老院、郊区课堂都有他的身影，累计志愿时长200多小时。通过各类活动的锻炼，他逐渐变得羽翼丰满。

三、弯道超车，争做就业先锋

基于自身成长规划和实际情况，他没有选择继续攻读研究生，而是下定决心在本科毕业后直接工作。大一大二期间，为培养自身实际工作能力，他积极参加各类学生工作，踏实肯干、吃苦耐劳的作风被各部门老师纷纷称赞；在步入大三后，他开始参与社会实习，在此期间，他跟很多求职同学一起交流经验，互相修改简历，建立求职群整理招聘信息。在互联网裁员潮下，历经三段实习和成长后，他迎难而上，找到了自己满意的工作。

他始终记得辅导员将三方协议交到他手里时说的那句话："继可，

你现在是咱们经管的就业先锋代表啦!"

大学四年,从充满崎岖坎坷到交上满意答卷,离不开很多人的帮助,他也证明了自己从不止步于普通。

四、"顺"路北上,不忘"邮"他情长

回想在 2018 年 8 月 24 日 19:30,他作别了生活十几年的家乡长顺,登上了那辆列车,稚嫩的他踏入北京,满怀好奇地走进了北邮。初次远离家乡一路北上,略有陌生,心有胆怯,亦有憧憬;回首大学四年,收获颇丰,纸短情长。

在大学期间他多次遇到来自经济、学业以及心理成长等方面的困难,但是在领导、老师以及同学们的格外关照下,经济压力得到缓解、学习顺利进行。回头看,满满感动,满满收获。领导、老师们的殷切鼓励、同学们的互帮互助,就是这种亦师亦友的氛围,成就了他大学四年普通但不平凡的学习生活。他可能不是北邮校园里最优秀的学生,但在学校学院的培养下,遇见了更好的自己。

白驹过隙,一转眼已非学生,投身工作岗位的他仍挂念感恩北邮,怀念经管的美好时光。毕业后他还积极参加了学院的就业分享会,在 2023 年以校友身份回母校参加了毕业晚会;北邮恩情常记于心,他真诚祝愿学校越办越好。

杜琳琳
——回乡支教的长顺姑娘

杜琳琳，女，汉族，共青团员，出生于 2001 年 11 月，贵州省长顺县人。本科就读于北京邮电大学经济管理学院会计学专业，研究生（推免）就读于北京邮电大学经济管理学院管理科学与工程专业，同时也是北京邮电大学第十四届研究生支教团贵州分团成员。

本科期间曾任经济管理学院团委文体部干事、小班心理委员，在任期间协助组织策划了火舞演歌等大型文艺活动；连续两年获得国家励志奖学金，2022 学年荣获三好学生荣誉称号。同时积极参加各类竞赛并取得了优异的成绩，参与 40 多项志愿项目，累计志愿时长达 300 多小时。

一、学无止境，专注成长

"立身以立学为先，立学以读书为本。"杜琳琳自大一入学以来学习刻苦努力，不断加强理论知识学习，成绩名列前茅，连续两次获得国家励志奖学金以及校三好学生的荣誉称号。除了专业知识的学习，她还注意各方面知识的扩展，努力提高自身的思想文化素质，为成为一名优秀的大学生而不懈奋斗，并且在班级里起到了很好的模范带头作用。

"纸上得来终觉浅,绝知此事要躬行。"明白理论是一方面,亲身实践是另一方面,两者相结合才能让智慧之树结果。正所谓实践出真知,喧哗见真我。学习之余,杜琳琳积极将所学的专业知识学以致用,与同学组队参加一系列学科竞赛并取得了优异成绩,获得第八届中国"互联网+"创新创业大赛北京赛区一等奖、北京邮电大学第一届管理案例大赛二等奖等。

二、投身志愿,丰富自我

有一分热,发一分光,即使是隐隐微光,也可在黑暗里发光,不必等待火炬。2020年年初,作为一名学生干部,在学校的全员核酸检测战"疫"中,杜琳琳积极参与,充分发挥模范带头作用,奋战在校园抗疫一线,帮助医护人员扫描身份证、录入信息,努力维护现场秩序,确保核酸检测工作有序进行。她用自己的实际行动,在校园防疫一线,践行"请党放心,强国有我"的青春誓言,对自己负责、对学校负责、对社会负责,为疫情防控贡献青春力量、展现青年担当。

志愿活动,杜琳琳一直在路上。大学期间,她共参与了40多项志愿项目,累计志愿时长300多小时,其中包括疫情防控志愿、《寻找李白》舞台剧志愿、冬季献血志愿、"夕阳再晨"科技敬老志愿等。

三、躬行实践,献身乡土

作为一名长顺籍学生,杜琳琳在看到一批批北邮人前赴后继建设长顺后,回馈家乡、建设家乡的想法在她心中日益坚定。她顺利通过选拔成为北京邮电大学第十四届研究生支教团贵州分团的一员,服务于贵州省黔南布依族苗族自治州长顺县罗湖希望小学。从大山深处一步步走到大学校园又回到家乡,她深知贫困山区孩子们想通过知识改变命运、走出大山的心情有多么迫切,因此她立志继承发扬历届研支团的优良作风、朴实品质、良好形象,不仅要认真完成教学工作,还要积极协助学校开展一系列有助于学生全面发展的活动。山里走出来的孩子,千万不能将自己的心也锁在层层叠叠的峦嶂中,结合自己的经历,杜琳琳承诺将她所收到的善意传递下去,将她在首都所见到的祖国画卷、悟到的先进思想带给身边的孩子们,在一年的支教过程中,用心、用情、用爱帮助孩子们寻找自信,点燃孩子们的成才梦想。

"你育我长大,我助你发展"——大山的孩子走出去又返回来,恰是一场激昂的双向奔赴。杜琳琳期待未来与家乡一路同行,站在田埂上拥抱未来,描绘出最美的奋斗图景。

赵富霞
——进击的追光女孩

赵富霞，女，来自贵州省长顺县一个偏僻而又美丽的村庄。2019年，沐浴在国家专项计划政策的恩泽里，她怀着无比喜悦的心情，背起厚重的行囊，里面装有来之不易的红色录取通知书。坐在长途绿皮火车上，她目睹了地势从崎岖大山向辽阔平原的变化，从稻田到麦田，从黑瓦到红瓦，从南方到北方，开启了她的追光旅程。

一、专攻学术之光，努力精进自身

学习上，她深知自身基础薄弱，便笨鸟先飞苦学好问。通过国家绿色通道降分录取成北邮人的她，十分清楚自身学习基础和学习能力与身边同学的巨大差距。但是她从未将这种客观条件下的落差视为可以安于一隅的借口，而是将其转化为自身专攻学术路上的助推剂。她课前预习功课，课上认真听讲，课后温故而知新。对于不懂的问题，虚心请教老师和同学，始终保持着求知的欲望和探索真理的恒心。她始终相信不付出一定没有回报。在努力之下，她的成绩不断进步，曾荣获校级三等奖学金、电子商务大赛校级三等奖等荣誉。

二、兼顾实践之光，追求全面发展

学习之余，她积极参加实践活动。大学生教育不同于高中教育，更注重综合能力的培养和道德品质的塑造。小班组织委员、红丝带组织部部长、爱学习学生管理委员会外联部部长是她在学生工作中的角色，不同角色对成就一个认真负责、善于沟通、顾全大局的她起到了不可估量的作用；作为暑期实践校级重点团队成员，她走访调研遵义、赤水、娄山关等红色资源，进一步学习红军精神、长征精神，在生活和学习中传播红色文化；在北京智慧星光、三星总部、贵州电商云的实习经历培养了她良好的职业素养和团队合作意识；作为一名中共预备党员，她乐于助人、团结同学、敬重师长，力所能及地关心和帮助同学，维持良好的人际关系，始终坚定集体利益大于个人利益的思想认识。

三、投身志愿之光，领会奉献精神

生活中，她热衷于志愿服务活动，用实际行动践行自我奉献精神。疫情防控期间，她曾在家乡小镇高速路出口卡点全天候执勤，按照疫情防控要求，严格登记外来人员信息并对他们进行体温测量、双码核验。炎热的天气外加一天的值班，让她几近中暑，望着衣服上的"白地图"，她体会到了炎炎烈日下疫情防控卡点工作人员的辛苦，也间接体会到了厚厚防护服下一线医务工作者的不易。北京马拉松开赛时，她踊跃报名参与赛事服务，通过层层选拔和专业培训，满怀信心踏上征途，作为一名物资管理者，她深知这份工作责任之重大，因此丝毫不敢懈怠。最终志愿者的服务受到了组委会的高度赞扬，也让她开阔了眼界，提升了面对困难的勇气，她被马拉松赛的精神深深影响着。此外，北京科学中心、敬老院以及学校活动场馆等都有她服务的身影,她的志愿北京线上记录的服务时长累计超过 100 小时。

大学四年,在北邮追光的日子让她收获了很多,也成长了很多。学校学院给予了她深切关怀,在她迷茫不知所向的时候给她指出了光的方向,并引领她不断追随光,鼓励她最终成长为光!

新时代的青春力量 >>>

·长顺驻村支教骨干·

世界上有两种人,他们和我们。满身是泥,满眼是光,这就是他们最独特的存在。守护梦想,奔赴而来,为了孩子、星空与爱。下乡!给孩子们上上课。

你看,世间朗朗有光照。

李昕玥
——做一个有趣的"仙女"支教教师

  李昕玥，女，2022级经济管理学院应用经济学专业硕士研究生，本科就读于经济管理学院经济学专业。"用一年不到的时间，做一生难忘的事"，带着这份信念，在2021年7月，她正式踏上了支教的旅途，在长顺县第三小学挥洒青春与热血。在这一年中，她自律进取，积极学习教学方法，以生动有趣的课堂激发孩子们的学习兴趣，在学生的成绩提高与习惯培养等方面取得较为显著的效果；在日常工作中，她积极奉献、严谨负责，策划并参与校内外各种活动，取得良好宣传成效。

一、创新课堂，引领方向

  在长顺支教过程中，她先后担任一年级班主任兼语文教师、各年级道德与法治教师，填补了学校教师岗位的空缺。在完全没有经验的情况下，她不断听课、学习，在模仿有经验教师的教育方式中慢慢摸索出独有的趣味教学模式。在新入职教师公开课的展示中，凭借《主动拒绝烟酒》一课获得评课教师们的一致褒奖与赞赏。同时，她因出色的学习能力与创新能力，被举荐暂代综合组道德与法治学科教研组长。

  在课堂中，她注重锻炼学生的表达能力，以"课前小讲"的创新形式，鼓励学生汲取各方面知识并总结分享，学生学习的兴趣与积极性空前高涨。同时，她还注重法律与道德的教育，在授课中潜移默化地渗透素质品行的培养，尤其对于高年级学生，她以所见所闻或亲身经历，对不好的行为习惯及时指导纠偏。一年中，她带过的班级成绩均有提升，有些学生更是快速进步，她也广受学生喜爱，被亲切地称作"仙女老师"。

不仅如此，她的工作还受到了老师们的赏识，于是在长顺县教师专业技能大赛中，英语组与美术组均邀请她作为计时、统分员参与比赛的评比工作；在六一儿童节班级"百米长画"比赛中，学校老师也邀请她担任评委。

二、热爱志愿，点亮心愿

她热爱志愿、乐于奉献、热心服务，在课余时间里积极筹划并参与多项志愿活动，给当地的学生和老人们带去知识与温暖。她不仅积极参加学校与团县委举办的各项活动，认真负责地完成交代给她的所有任务，还在2021年的最后一个月，作为总负责人与策划者在长顺县第三小学承办过两项大型活动——点亮微心愿志愿活动与"喜迎冬奥，一起向未来"冬奥系列主题活动。

点亮微心愿志愿活动伊始，她联络了二到六年级30个班级的班主任，选出60名品学兼优但较为困难的学生，召集他们填写心愿卡，由北邮师生认领并实现他们的小心愿。活动不仅让孩子们收到了心仪的礼物，建立起了与北邮的联系，还让他们了解到了"志愿"的含义，甚至有学生骄傲地告诉她，等他长大了，他也要做"志愿者"，去为需要的人送温暖。冬奥系列主题活动包括"青力冬奥，绘出精彩"绘画作品征集活动与奥运圣火火种线上参观活动，激发孩子们的想象力，描绘出他们心中的冬奥盛景。她作为活动发起人与教师代表接受了记者的采访，面向镜头讲述了举办此次活动的初衷、意义以及对未来的活动规划，这项活动也在长顺县融媒体的推送中向大众展示了校园风采。

在支教的一年中，除了校园里的活动，她还深入社区与村组，开展"四点半希望陪伴小课堂""鸿雁筑梦"扫盲班、普通话普及、防溺水知识宣传、"最美乡村"篮球赛等志愿活动，用自己所学传递温暖和希望。同时，她也收获了很多关心和感动，让她在他乡也温暖如故乡。

她曾问过学生，在他们心中老师带给他们最珍贵的东西是什么，一位六年级女生想了很久说是"选择"。也许这就是支教的意义，让学生们看看大城市的繁华与精彩的人生，让他们明白原来只要肯努力，没有什么是改变不了的，也让他们摆脱安于现状的心态，成为把握自己命运方向盘的舵手。"用一年不到的时间，做一生难忘的事"，她曾将青春与热血灌溉在长顺的基础教育上，她希望这些花儿能勇敢绽放，开遍祖国大地！

万霞
——播撒种子的支教教师

万霞,女,经济管理学院工商管理专业 2021 级硕士研究生。支教对她而言是一次挑战,也是一场磨炼,在她的人生历程中书写下了不平凡的一页。支教培养了她的能力,磨炼了她的意志,作为支教教师队伍中的一员,她深感荣幸。在学校学院各级领导和老师的关怀及帮助下,她积极投身于支教工作之中。为了使自己能更好地完成支教工作任务,她制订了详细的支教工作计划,时刻鞭策着自己,提醒着自己。她很庆幸,她无愧于充实而收获的岁月,她无愧于美丽而火热的年华,一学年的支教日子是值得留恋的,一学年的支教工作是有所成效的。这一年来,她踏实工作,迎难而上,受益匪浅。

一、专注工作,播撒希望

支教工作中,她担任高二年级体育教师,认真负责对待课程教学,积极开拓教学思路和方法,灵活运用先进的教学方法培养学生对课程的兴趣与热爱。作为一名合格的志愿者,一名体育特长生,除了严格遵守学校的各项规章制度、积极为学生答疑解惑,她还主动深入学生群体,开展系列谈心活动,努力解决学生学习上与生活上的困难;并在各项活动中充分发挥个人特长，以个人特长带动学生强身健体，促进全面发展。她注重团结、用心上进，吃苦在前、享受在后，与支教的同伴常思常学，共同探讨育人方法，总结育人经验，以求育人实效。

二、内化于心，爱在延续

在支教的一年里，她与学生结下深深的情谊。通过不断研究课程内容，创新锻炼方法，学生们彻底爱上了体育锻炼，也彻底爱上了这位活泼的支教老师。在这一年里她深刻体会了"奉献、友爱、互助、进步"的志愿精神，在这一年里她以实际行动践行了"立德树人"的育人理念。

在学习生活与工作中，她努力克服自身能力不足之处，做到脚踏实地，提高工作主动性，不怕多做事、不怕做小事，做事要细心、做事要用心，在一点一滴的实践中完善提高自己，树立踏实的工作作风，并以高度的使命感和爱岗敬业的事业心，扎实地完成工作任务。

支教的时间很短，所能做的事情有限；然而人生的道路很长，这一年的经历将使她终生难忘。作为一名支教教师，应该为学校的教学注入新鲜的血液，为新课程的实施带来新的理念、新的方法、新的活力！支教工作是所有支教教师人生道路上浓墨重彩的一笔，让人终生难忘，在那里，她看到了学生们对知识的渴望，看到了学生们对未来的美好展望。她衷心祝愿每一个孩子都能在追逐梦想的旅途中一帆风顺，保持热忱！

支教工作是忙碌的，也是充实的。时间是短暂的，记忆是永恒的，那里的一切让她有着太多的回忆。让梦想骑在背上，让爱延续，让希望的种子在祖国各地生根发芽。

王慧
——跨越山海，为你而来

王慧，女，经济管理学院工商管理专业2021级硕士研究生。用一年的时间，做一件终生难忘的事。从北京到贵州，从学生到教师，在这一年里不仅跨越了山海，也跨越了身份。三尺讲台之上，她时刻牢记志愿者肩负的使命、教师担当的重任，为孩子们带来知识、温暖以及陪伴。同时，她认识到支教并不仅仅是教授孩子们书本知识，更要让他们明白"知识改变命运"的重要性，了解更广阔的世界。身为一名支教教师，一名西部计划志愿者，她为祖国、为贵州、为长顺县第四小学挥洒了自己的青春，贡献了自己的一份力量。支教之路任重而道远，但她坚信一批又一批坚定而有理想的志愿者们所汇聚的力量足以呈燎原之势，祖国的支教事业、西部这片广袤的大地、大山里孩子们的未来将会光明而璀璨！

一、勤勉工作，挑战自我

教学方面，王慧在长顺县第四小学承担的是小学六年级英语课程教学任务，同时承担了学校少年宫朗读社团指导工作。在教学中，她把握教材、掌握重点以及突击难点，同时十分重视基础知识的夯实，对相关的语法、句子以及单词等经常进行相应的测验和背诵检查。在课堂中，她采用板书与 PPT 相结合的方式进行授课，通过与学生进行互动小游戏，加深学生对知识的理解和记忆。此外，她"因材施教"的教育原则也取得了较好的教学成果。

行政工作方面，她负责学校党政办公室的相关任务，撰写简报、完成相应的会议资料和其他安排的任务。同时，她参与了顺兴社区的希望陪伴小课堂，对学校的孩子们进行课程的辅导或开展相应的课外活动。针对当地学生英语学习的薄弱点，开设兴趣英语课程；为提高孩子们的动手能力和创作能力，开展了折纸飞机、折纸鹤等手工课程；为庆祝建党 100 周年，开设学习党史课程，让孩子们了解党的光辉历史，提高孩子们的使命感和责任感。

志愿活动方面，她秉持着"奉献、友爱、互助、进步"的志愿精神，积极参与当地相关的志愿活动。如参加"绿博会"志愿活动，在此过程中圆满完成志愿培训任务，并承担博览会展区服务站站长任务。同时，参与长顺县"四好农村路"的志愿活动，进行跟车讲解服务、凤凰坝讲解以及迎宾工作，在活动中更好地发扬并践行北邮精神。

二、牢记使命，奉献自身

经历了这一年的支教时光，她由一位本科毕业生转变为一名教师，支教经历让她变得更加成熟沉稳。在学校她经常向其他教师学习，学习如何上好一门课程，如何和学生相处，等等。她受益匪浅，并认识了很多优秀的教师。与此同时，经过一年的相处，她和支教教师队的同学们一起向着一个目标努力奋斗，她感受到大家更加团结，更加像家人一样关心爱护着彼此，她也收获了珍贵的友谊。

她时刻牢记志愿者所肩负的使命，谨记并践行志愿者精神，尽自己最大的可能去帮助学生，身为教师传道授业解惑，为他们带去知识，拓宽他们的视野，让他们明白学习的重要性；身为他们的朋友，则带给他们温暖和陪伴。在这一年时间里，她明白支教不仅仅是教授书本知识，更是帮助孩子们建立起对学习的兴趣以及帮助孩子们理解"知识改变命运"的重要性，帮助他们了解更广阔的世界。此外，在支教过程中她得到了锻炼，这一段难忘的支教经历也成了她人生宝贵的财富。用一年的时间做一件终生难忘的事，不论是在她以后的工作还是学习生活中，她都将铭记这段难忘的经历，将志愿者精神不断地践行下去，并继续为中华民族伟大复兴事业贡献自己的青春力量！

·长顺实地调研·

  天真脸庞是彼之寄望，灿烂笑容是他日朝阳，他们凝视夜空中的每一颗星，渴望了解更广阔的世界。他们的问题，简单而深刻，似山谷回响，不断在生活中荡漾。我们的答案，虽非终极之解，却是希望的种子，悄然在土壤中生根发芽。

  山在那边，希望就在那边。

落实精准扶贫，增强责任意识
——贵州省长顺县乡村振兴实践团

2018年7月，经济管理学院贵州省长顺县乡村振兴实践团携带募捐活动所筹物资深入贵州省长顺县开展精准扶贫活动。从支部共建到校园团课，从"互联网+教育"发展到电商企业，6天的走访和调查，于长顺，青涩学生传北邮之文化知识，调研会议传北邮之电商思想，生动团课传北邮之红色精神；于团队成员，农村扶贫工作为他们留下了基层经验，传承的力量更加喷薄而发，他们肩负的责任和使命闪耀着光荣，始终追随党的脚步并为之奉献青春的承诺矢志不渝。

此外，贵州省长顺县实践团成员结合社会实践活动开展情况，以此为主题即时参与了全国大学生网文作品征集活动，充分借助网络媒体独有的传播优势，鼓舞更多青年学生认识社会、走向社会、投身社会实践，意识到自身肩负的责任和使命，并为之不懈奋斗。

一、助力扶贫，一路"黔"行

经济管理学院贵州省长顺县乡村振兴社会实践团抵达长顺后，迅速前往长顺县人民政府展开调研。实践团就长顺县的精准扶贫和乡村振兴工作对刘春晓副县长进行了采访。

刘春晓副县长从宏观上介绍了长顺县的扶贫战略，展示了长顺县政府在人口减贫和基础设施改善等方面的扶贫工作成果。针对长顺县农村电商的发展，刘春晓副县长进行了着重论述，从农村电商发展的困境和未来发展战略两方面出发，为实践团介绍了长顺县的特色电商发展模式。根据习近平总书记在十九大报告中的乡村振兴战略布局，从乡村组织、人才、文化、生态和产业五方面出发，刘春晓副县长介绍了长顺县贯彻实施乡村振兴战略的整体发展安排，争取打造产业兴旺、生态宜居、乡风文明、治理有效、生活富裕的吉祥长顺。

刘春晓副县长带领实践团对长顺县城进行了实地调研，领略长顺县城的崭新面貌，实践团成员不仅对长顺县的精准扶贫工作有了更加深刻的认识，同时对实践任务有了更清晰的规划。

二、精准扶贫，"黔"线探索

实践团抵达贵州省长顺县的第二天，前往了长顺扶贫典型示范村——纪堵村。在这里，目之所及是层峦叠嶂的自然风光，在清新饱满的空气中弥漫着善良淳朴的民风。

实践团深入辣椒生产基地帮助村民采摘辣椒。在纪堵村书记的陪同与协助下，实践团对当地10余户村民进行了实地访谈。村民中既有带动当地农业发展的排头兵，也有生活在贫困线以下的普通农户；既有独自在家带娃还要种植庄稼的农村妇女，也有没有任何劳动力一身伤痛的老人。实践团成员一一进行详细记录，以期在未来的调研中可以利用专业优势有针对性地提出建议。

经过一天的各处奔走，实践团对纪堵村的现状有了整体的了解，从而对长顺县的发展规划有了更深刻的认识。"在扶贫的路上不能落下一个贫困家庭，丢下一个贫困群众。"长顺乡村振兴实践团将继续栉风沐雨、砥砺前行！

三、志愿扶贫，勇往直"黔"

实践团抵达贵州省长顺县的第三天，在鼓扬镇纪堵村村民委员会处开展了北京邮电大学经济管理学院普硕2017级党支部与纪堵村党支部红色"1+1"座谈会，县运管局副局长何必顺同志、驻村第一书记蒋家宾同志、镇包村组长刘忠仁同志、纪堵村支两委和脱贫攻坚队队员等参加了座谈会。

会后，实践团来到了长顺县鼓扬镇的贫困学校——简庆小学，为孩子们上了一堂生动的绘画课。实践团为孩子们带去了画笔、绘本、书包等物资，利用一个下午的时间陪伴孩子们一起完成了一幅幅五彩缤纷的图画，每一个孩子的脸上都洋溢着欢快的笑容。

实践团历经理论的探讨与志愿的实践，对于脱贫攻坚有了更加深刻的了解。在那个艰苦的年代，"再苦不能苦孩子，再穷不能穷教育"，看到孩子们渴望读书的双眼与极其简陋的生活条件，实践团成员深深地感受到了沉甸甸的责任与重担，脱贫攻坚势在必行，实践团也要竭尽所能勇往直"黔"，贡献自己的一份力量。

四、电商扶贫，路在"黔"方

结束了纪堵村两天的走访工作后，实践团随刘春晓副县长走访了两名考到北京邮电大学经济管理学院的学生钟继可和方华珍的家庭。刘春晓副县长代表长顺县政府、北京邮电大学慰问了学生和家长。通过与家长和学生的交流了解了学生的基本情况，实践团向两名学生介绍了助学贷款、奖助学金等新生入学政策。另外，实践团成员以学长学姐的身份向两名新生介绍了大学生活和学习经验。

实践团前往长顺县贵农网电子商务基地进行参观考察，并与中心主任进行深入的交流。中心主任带领实践团参观了中心的各个工作区和长顺特色农产品加工车间，并详细介绍了各种产品的加工流程和实际加工情况。

实践团就"品长顺"这一品牌和中心主任及工作人员进行了详细的沟通。主任向实践团介绍了长顺的农产品电商化发展状况和政府的相关政策，并提出了长顺发展农产品电商遇到的瓶颈，主要是基层农户与平台结合不紧密、人才紧缺等。实践团在充分了解基本情况后，向主任提出了部分建议，主任表示接下来将逐步排除困难，并充分考虑实践团的建议，在县政府的带领下，以更高的效率、更快的速度、更精准的定位实现长顺县的电商扶贫。

五、大美长顺，青春"黔"行

实践团于第五日参加了"首都大学生社会实践团赴长顺开展社会实践启动仪式暨首都大学生联合社会实践团与长顺县驻村第一书记座谈会"。会议由刘春晓副县长主持，黔南州副州长、长顺县主要领导、首都大学生实践团秘书长等人员做主要发言，给每一位参与社会实践的大学生提出了建设性的意见，号召实践团成员通过感悟精准扶贫为实现中华民族伟大复兴的中国梦做出突出贡献。

在座谈会上，各驻村书记向参加会议的实践团成员详细介绍了长顺县各村发展现状以及扶贫攻坚工作开展状况；首都大学联合实践团代表向各位第一书记就长顺县农村教育扶贫等方面提出问题，县教育局及县团委领导对所提出的问题做出了切合实际的解答,并对长顺县农村教育扶贫未来发展做出了切实可行的规划。

在工作人员的带领下,实践团前往黔南州旅游发展大会的会址进行实地调研,对于长顺县的历史文化、生态保护、旅游产业发展状况进行了深入考察与了解。团队此次长顺乡村振兴调研任务已基本完成,总结几天来的调研成果,实践团收获颇丰,对长顺县乡村的经济、教育、住房等方面的发展现状有了更详细的了解。实践团以近几天的调查结果为基础拟出一份完整的可行性的报告,力求为长顺县乡村振兴提出建设性的建议。

六、"黔"路漫漫,未来可期

2018年7月27日是实践团在长顺县的最后一天,实践团前往中国电信股份有限公司长顺分公司进行最后一次实践调研。实践团对吴总经理进行了详细访谈,主要了解了城村网络扶贫、教育扶贫、提速降费的现状,以及发展、推广、引进、整合过程中遇到的困难和挑战。最后,实践团收获颇丰,为整个长顺社会实践画上了一个圆满的句号。

人生有聚散,山水有相逢,前景可待,未来可期。期冀我们在未来的努力下,精诚团结、奋斗,共同建设一个产业兴旺、生态宜居、乡风文明、治理有效、生活富裕的吉祥长顺,为乡村振兴贡献自己的一份力量。

第三章
旌旗下的经管人

　　以青春与热血去标注朝日暮往，行天堑，闯一段征途浩荡；摘骄阳，铸一程坦途无疆。青春有很多样子，很庆幸我的青春有穿军装的样子，刀剑明朗，熠熠生辉。

覃吉好
——携笔从戎的第一代北邮人

所有当兵的人都一样,遇到亲友时都会被问:"你为什么要去当兵?"而每当有人问及覃吉好的时候,他总是笑而不语,但他的脑海里,总会浮现出那一幅幅画面。

一、萌芽——埋下红色信仰的种子

初二的时候,曾经教覃吉好打篮球的男生,突然有一天就戴上了大红花,在学校被敲锣打鼓地送上大巴,听说是要去当兵。再后来,他给覃吉好寄来几张穿着军装的相片。那时的覃吉好就有了一个念头,要是自己也能身着戎装,该多好啊!

高一时,小时候带着他满田野抓田鼠的表哥,也穿了一身绿军装,进了武警部队。而且每次回家探亲的时候,表哥都会给他演示一遍军体拳。那时,他总羡慕地想:要是学会了军体拳,能不能做一个侠客?那是一种信仰、一种执念,根植心底。他曾无数次幻想能剑指天涯,行侠仗义,也曾无数次羡慕他们奔赴疆场。

当第一次在大学生中广泛征兵的机会摆在眼前时,他毫不犹豫,立即报名。直至今日,他依旧清晰地记得那时的忐忑与期待。在政治家访的时候，老师不远千里地赶到他的家乡——广西平果的一个偏僻小山村，在平果县武装部进行政审。面对村民的不理解，老师从保留学籍、优先保研等国家政策以及青年人的使命与担当、大学生的培养等层面娓娓道来，让家乡人懂得了上大学不是唯一的出路，应征入伍更是一名大学生的无上荣光……幸运的是，在全校多个报名的学生中，他得到了这次来之不易的出征机会。

二、成长——热血锻炼，强大自我

每当回忆起参军时的一幕幕，覃吉好总忍不住热泪盈眶。临别前，学院组织了一场别开生面的篮球赛，老师给他戴上了大红花；到部队后，老师们代表学校到队探望和慰问，学院还一致推选他为2006年"校园十大先锋人物"；自卑时，班长拍着他的肩膀说："你要记住你是这个班唯一的大学生，只要你不自卑不自弃，没人能让你自卑，你想要的，除了你自己谁也阻止不了。"

学习坦克驾驶时，因为油门和离合掌控不熟练，被班长罚跟着坦克跑步，却在结业后不光学会驾驶坦克，体能还赶上了一大截；学习射击时，因为眼睛有散光，三点一线总找不到准星，而被班长罚盯着灯管一直看到泪流满面，却在连队射击考核中名列前茅；学习讲解各类坦克时，因为粗心大意经常搞混坦克参数，而被班长逼着每天在班里带头背各类参数，有任何团体来参观坦克时，都让他去当解说员，以至于到现在他都还对各种坦克了如指掌。而最难忘记的，是在广袤的疆场上驾驶坦克的舒爽快意，是第一次听到炮弹从头顶轰出时的头晕眼花，是室外37℃坦克驾驶室里43℃的酷暑难耐，是一同摸爬滚打完成任务的战友情深。

这一幕幕，成为他不断成长和不停蜕变的动力。在新兵连中、在坦克驾驶培训班上，充满韧劲而不服输的他收获了"优秀学员"称号，也连续两年荣获了"优秀士兵"称号。

三、练就——成就自我，报效祖国

两年的时光如梭，平淡而充实。在那个坦克连队，作为一名合格的坦克驾驶员，他学会了自律自信，学会了守时守约，学会了令行禁止，也练就了健康的体魄。部队里的优秀品质融入骨子里，退伍后，每次在办公室打扫完卫生，他总习惯性地把手里的抹布叠成豆腐块。

部队是一个大熔炉，可以让人褪去稚嫩，让人成长，"忠诚于党、纪律严明、英勇善战、作风优良"是他们的座右铭。当兵的经历，让覃吉好的人生有了无数个重新选择的机会。他选择退伍时，部队里的首长还苦口婆心地劝他留下来，争取明年提干；他在选择就业时，简历上那一栏军旅生涯，让他有了更多面试的机会。因为，在人们的印象中，从部队里历练出来的人，都是可信且不简单的。

四、投笔从戎——重拾心中信仰

午夜梦回之际，覃吉好总是忆起脱下军装时的恋恋不舍，走出营门时的怅然若失。所以当消防部队要录取他时，虽然已经有待遇更高的公司向他抛出了橄榄枝，但他还是毫不犹豫地放弃高薪，投身消防部队，再一次穿上了心中的军装。他知道，这里将是他今生的归宿，一生戎装，无怨无悔。在消防部队这些年，他曾跳入冰冷的湖中救出困在车里的人，曾亲手扒开泥土挖出塌方事故被困者，曾差点牺牲在那场救出了11个人的火场里，也曾从队伍里欢送多名新兵光荣入伍。

作为携笔从戎的第一代北邮人，他因此而深感自豪。虽然现在忙碌的生活会让人很怀念校园那些欢笑的时光，但现在的他，更安心于站在队伍前，跟他的指战员们聊聊天、谈谈心，像个大管家似的操心着队里的柴米油盐，带着大家开展演练，带着大家灭火和抢险，给大家铸牢"听党指挥、纪律严明、赴汤蹈火、竭诚为民"之魂。当险情来临之际，他们永远能拉得出、打得赢。

回看这些年走过的路，如果让覃吉好重新选择，他仍会初心不改，毫不犹豫地选择从军之路。他说："只要心志坚定，目标明确，就一定未来可期。"

付婷婷

——用心扎根的青春

一、内心扎根的梦想

付婷婷儿时总会听到各种各样的英雄故事：董存瑞舍身炸碉堡，黄继光以身堵枪眼……于是她总梦想着有一天也能穿上军装，实现自己的英雄梦。在她眼中，军装是最美的衣裳，军绿是最美的颜色，军营是最向往的地方，军人是最神圣的职业。

19岁生日那天她送了自己一份"大礼"：投笔从戎，献身军营。面对同学的疑惑、朋友的不解、家人的反对，她却毅然决然坚定自己的选择。或许是不愿留下遗憾，或许是想书写别样的青春，她离开了在读的重点大学，选择了军队这个大熔炉。

从步入军营的那一刻起，为了追寻青春的梦想，少女的那一份悸动就注定与她花季的青春无缘，哪怕只是女孩子一点点爱美的小心思，也被压进了背囊，叠成了豆腐块。

二、追寻梦想之光

两年后，付婷婷考上了军校；又过了三年，她毕业成为一名女军官。刚刚迈出军校的付婷婷,满载着所学的全部知识和施展才华的迫切心情奔赴重庆卫星通信站,并力求在新的岗位上踢好"头三脚",迈开"第一步",干出一番事业来。

那篇很火的文章《军官,你不会一直拔草的》中讲道:"即使拔草也要用力拔,使劲拔,用心拔,在未来回忆时能对自己说扛着星拔草,每一分都过得很充实。"这就是她生活的真实写照。

那几年是她用心扎根的青春。付婷婷看到过一则标语,就挂在连队里:"选择平凡,扎根深山。舞台可以简陋,人生必须精彩。"在这个大山深处的小小连队里,一批又一批的人来到这里,他们把连队当家建,把战友当亲人待,把工作当事业干,用自己的坚守书写着人生的精彩。

三、坚定自我

和平年代里更多的是默默坚守在平凡岗位上的无名英雄,他们用忠诚与坚守传承英雄的血脉、鸣奏铁血的誓言。

生与死,苦难与辉煌,都蕴含在体内,总有一天我们会与之相遇,终将浑然难分,就像水溶于水。在没有刀光剑影的大山,在没有战火硝烟的疆场,付婷婷以一颗滚烫的心,让梦想在这里起航。

李景龙
——永不后悔的参军之旅

李景龙从不后悔把两年青春献给祖国，他始终记得"流血流汗不流泪，掉皮掉肉不掉队"的口号，不管遇到多大的考验他都能坦然面对，这一切都得益于部队对他的磨炼。军旅是一所特别的学校，他学到了很多在校园里学不到的东西，也收获了一生难得的战友情。部队让他学会了付出，学会了担当！

李景龙在部队的日子里充满了挑战与成长。每天的严格训练，如长跑、障碍课程、战术演练等，不仅锻炼了他的身体，也增强了他的意志力。在极端天气和艰苦环境中，李景龙学会了坚韧不拔，面对困难时永不放弃。他还学会了团队合作，学会了如何在压力下保持冷静，以及如何有效地与战友沟通和协作。

军旅生活不仅仅有严格的训练和纪律，还有丰富的文化和日常活动。李景龙参加了部队组织的各种活动，如文艺晚会、体育比赛和知识竞赛，这些活动不仅增强了部队成员之间的凝聚力，也丰富了他们的生活。在这样的环境中，战友之间的关系超越了普通的伙伴关系，他们彼此扶持，共同成长。

在李景龙的心中，军旅生活是他人生中最宝贵的经历之一。军旅生活不仅让他学会了自律和负责,还教会了他如何面对生活中的挑战和困难。这段经历让他更加成熟和坚强,为他今后的生活和职业道路奠定了坚实的基础。

常言道,"当兵后悔两年,不当兵后悔一辈子",而李景龙却连两年都没后悔,怀着"用两年青春,换一生无悔"的信念,从未动摇过。李景龙说:"如果真的很想去体验军旅生活,就勇敢地去吧!"

伊斯卡克

——扎根心底的梦想

伊斯卡克从小就梦想着成为一名军人保家卫国，穿着军装，扛着枪，嘴里喊着口号。终于，在2011年12月，他如愿以偿地踏入了军营。

自踏入军营以来，伊斯卡克的生活发生了巨大的变化。他迅速适应了军营的严格纪律和高强度训练。在这里，他不仅学习了军事技能和战术知识，更重要的是学会了如何作为团队的一分子，与团队共同面对挑战。他经历了从新兵到成熟军人的转变，这一过程中，他的责任感、自律性以及对团队的忠诚度不断增强。

部队是一个大家庭，他的战友们都来自五湖四海、各个民族，关系特别融洽。大家都特别珍惜这来之不易的缘分，他们共同生活、训练，相互学习和尊重彼此的文化。这种多元文化的融合让他们的关系更加紧密，也让他们能够在困难时刻更好地支持彼此。伊斯卡克与战友们在共同度过的时光中铸就了深厚的友谊，这种友谊超越了普通的同事关系，成为他们心中珍贵的财富。

伊斯卡克深刻地理解和传承着军旅文化中的核心价值观和精神。在军营中，"平时多流汗，战时少流血""流血流汗不流泪，掉皮掉肉不掉队"不仅仅是口号，更是他们的行动准则，这些都体现了军人的坚韧不拔、无私奉献的精神。伊斯卡克希望将这种精神传承给下一代，培养他们的国家意识和责任担当。

伊斯卡克经常在与青年的交谈中鼓励他们参军。他认为，参军不仅是为了保卫国家，更是一个人成长的机会，能够让年轻人学会重要技能，培养意志品质。他希望更多的年轻人能够通过军旅生活，实现个人价值，为祖国的繁荣和强大贡献自己的力量。

张润斌

——受益一生的从军梦

张润斌的父亲曾经在部队服役三年,他告诉张润斌,部队是一个非常锻炼人的地方。因此,张润斌从小就有一个从军的梦想,希望能像父亲一样,在部队的大熔炉里好好锤炼自己,去学习人生的大道理。

大学期间,他参加了很多的学生工作和社团活动,也有相对较多的社会实习经历,却感觉自己仍有些许迷茫。于是他想去部队让自己沉淀一下,好对自己有一个更清醒的认知,以便更好地规划自己的未来。恰逢国家和学校大力支持大学生入伍参军,于是在学校的征兵宣传下,张润斌在慎重地权衡之后,勇敢报名,圆了自己的军旅梦。

经历过部队的洗礼,张润斌感觉自己更加成熟,也基本实现了自己最初的目标。部队的收获其实有很多,一是身体素质得到了明显提升。每天常规的体能训练,包括耐力型的五公里越野和力量型的俯卧撑、单双杠等,两年累积下来,已经达到了"百病不侵"的地步,几年来他几乎没有生过病。这种身体机能的锻炼,是会让人终身受益的。二是意志品质的磨炼。炎热的夏天要野外驻训,住在闷热的帐篷里汗水哗哗地往下流;冬天要上高原,寒冷的夜晚站岗站到全身僵硬。这些训练不仅是对身体素质的锻炼,更是一种对忍耐力、抗压力的磨炼。这对于张润斌此后在学习、工作、生活中承受压力、接受挑战大有裨益。

服役两年中，张润斌不仅认真完成日常性的训练，还积极发挥大学生士兵的作用，参加演讲比赛、主持大型晚会、给全旅官兵授课、积极征文投稿等，也获得了很多的荣誉和表彰，包括两年的优秀士兵、集体三等功、优秀团员等，还因为他的突出表现和贡献，光荣加入了中国共产党。总之，两年的军旅生活丰富多彩，更多的是满满的进步和收获。

丁国乐
——重拾生活的激情

丁国乐，北京邮电大学经济管理学院工商管理专业 2011 级本科生，于 2015 年毕业季应征入伍，服义务兵役，2017 年 9 月退伍，现于某事业单位工作。

一、"误打误撞"点燃内心壮志

说起参军初衷，他可能谈不上"志向远大"，只是在"当兵后悔两年，不当兵后悔一辈子"这句标语的吸引下，便在网上报了名，趁着自己还是大学生，趁着自己还年轻，抓紧去体验一下军旅生活。

丁国乐的高中是衡水二中，半军事化管理也算是小有名声，高考结束时，他的父母有让他考军校的打算，但是丁国乐报考了北京邮电大学。毕业找工作时，他看到了网上的征兵宣传，于是踏上了前往军营的旅途。

二、雄心壮志踏上军旅之路

军营里他的班长理解这些大学生兵，并不着急让丁国乐快速进入状态，私下里多次找他谈话。在新兵连班长的帮助下，丁国乐迅速完成了由普通青年向合格军人的转变。

两年的军营生活让丁国乐重新拾起了对生活的激情,让他变得更加自信。部队的生活加强了丁国乐的自律能力,平时能够管住自己,有了目标就努力向前,有了事情就立即去做,不再拖延。同时,军旅生活让丁国乐更加关心家人。在服役期间,他的姥爷和二姨相继去世,因为种种原因,丁国乐没能参加他们的葬礼,这让丁国乐怀念和他们在一起的时光,也让丁国乐明白他真正地长大了,父辈人已经步入中老年行列,能陪在他们身边的时间不多了,正式工作后,哪里还有什么寒暑假这样长的假期,能够在周六日陪伴在他们身边就十分幸运了。

作为一名退役大学生士兵,丁国乐带着军旅精神在工作中努力学习,踏实肯干,为国家建设贡献着自己的一份力量,他希望学弟学妹们珍惜学校的时光,不要虚度光阴,活出自己的精彩。

杨文强

——身心淬炼的军旅青年

一、绿色军营梦——从零到一

杨文强去当兵不是心血来潮，进入绿色军营始终都是他的人生梦想。在高考填报志愿时，他义无反顾地选择了报考军校，但由于身体条件，体检视力未达标，因此他转而投向信息科技高校，报考了北京邮电大学。在学校的那几年，《士兵突击》的热潮还没有完全褪去，学校里的征兵宣传也深深吸引着他，杨文强决定再尝试一次，一定要去部队看看，于是在2012年12月中旬毅然登上了去部队的列车。

二、部队生活中——充实自己

部队最令人难以忘怀的就是战友情，相互扶持相互帮助。大家一起训练，从拂晓的第一缕曙光到夜幕降临，在训练场上挥洒汗水，共同承受着体能的极限挑战。在每一次艰苦的训练后，大家相互激励，相互扶持，共同成长。那些训练场上的挑战，早已成为大家心中最宝贵的记忆。偶尔，也会被班长罚蹲姿、吊杠、前倒，这种特别的"关怀"让大家在艰难中茁壮成长。

和平年代的部队和战友情平凡而真实。部队两年的生活枯燥且有规律，在最初的新鲜感过后，重复成了部队生活的主旋律。在有限的条件下，在枯燥的生活和艰苦的训练中，在不断地挑战和自我超越中悄然蜕变。身在军营的杨文强学会了自律，学会了坚韧，也学会了如何在团队中互相信赖和合作。

三、悄然蜕变后——告诫学弟

青年有条件的都应该去部队磨炼磨炼，在部队时老前辈就说部队能改变一个人，在部队的时候感觉不到什么变化，退役之后就会慢慢品出来。退役之后，杨文强越来越觉得受益匪浅，性格、世界观都有了直观的改变，而且还有了健康的体魄。在部队生活中，最难忘的莫过于战友间的深厚情谊，在那里，大家不仅是同胞，更是彼此最坚实的依靠。

阿尔神·阿尔斯坦
——传承两代的报国之志

阿尔神曾无比忠诚和自豪地说过:"我自幼生活在新疆偏远的农村,直至大学毕业都一直享受着国家各项补贴政策,党的光辉照耀着我成长,同时也深深地影响、改变着我,我自幼就立志成为像父亲一样的优秀共产党员,他为党和国家事业奋斗终生,从事教育事业40多年。最终我如愿以偿,很荣幸在南海舰队服役期间成为一名共产党员。回过头看,我的一步步成长,都是在党的光辉下,可以说没有党,就没有我此时幸福的生活,我要回报党,回报社会,做一名为党的事业奋斗的共产党员。"

一、良好家风的影响

阿尔神的父亲是一名乡村党员教师,他从草原上马背教学,没有教室、座椅开始,一直持续到今日高楼林立的校园,从事教育的思想从未因为生活困难、工资低廉而有所动摇,一直默默地坚持着、奉献着。父亲的亲身经历教会了阿尔神如何去珍惜当前的学习机会与条件,深深地触动着他、鼓励着他,使他更加坚定理想信念,做一个对国家社会有用的人。从上小学时起,父亲就坚持每天从学校拿回一些刊物,利用吃饭前的时间召开 15 分钟的家庭学习会议，给小小的阿尔神讲国内共产党员的优秀事迹，鼓励阿尔神好好学习，做一个为党和人民服务的人。父亲的这种教育，让阿尔神深刻感受到在党的正确领导下，新疆各族人民的生活一天比一天富裕起来，人民都过上了幸福的生活，祖国的教育政策为年轻人提供了更多的接受高等教育的机会。

在党的少数民族教育政策和父母的教育培养下，阿尔神考上了心中向往的北京邮电大学，离开了家乡见识了社会的发展。在考上大学的第一年寒假，阿尔神回来向父母和 90 多岁的奶奶述说着他首次去北京的学习情况及感受时，奶奶带着很严肃的表情问阿尔神，去北京上学看毛主席没，阿尔神很诚恳地回答道："去北京的第一天就去天安门广场。"奶奶身为 20 世纪 20 年代出生的人，多次给小辈们讲新中国成立前后的巨变，很感动地说到在毛主席的带领下中国人民过上了好的生活，在党的领导下新疆和平解放，让 56 个民族走向和平年代，过上安宁幸福的生活，同时，新疆少数民族的生活条件也一天比一天好了。为了感恩毛主席，当时奶奶带着一家人，每天和各民族老百姓组成农务组到田地一起干农活，有说有笑。他们那一辈人真是民族团结的象征，值得后辈更加努力去向他们学习，加倍做好新疆民族团结工作。

二、坚定目标，追寻自我

在阿尔神二十几岁时，大多数同龄人依旧还在校园象牙塔里生活，为了回报党恩，阿尔神选择了暂时离开校园，去当兵，去历练、去锻造，为回馈社会提供坚实保障。很荣幸，阿尔神如愿以偿地成了一名海军战士。他说，这是他对自己人生的第一次主动选择。离开校园，进入军营，这是阿尔神交给青春的第一份正式答卷。既然决定去做了，就得坚决执行；既然已经去做了，就得坚持到底。正是在这样的思想指导下，阿尔神在部队里待了两年。

光阴荏苒。在部队的时光，正值青春的火焰燃烧得最旺的时候，阿尔神把这最旺的青春投入一天又一天的艰苦训练中。阿尔神偶尔也想要逃离这种艰苦的生活环境，但每当这个时候，他心中的信念就要跳出来提醒他要坚持：如果你真的坚持着去做过什么事情，你会发现，坚持是一个很强大的词，它能帮助你战胜所有的困难。部队里单调枯燥的生活，与亲人相隔万里，与朋友长久分离，这些都曾让阿尔神在夜里偷偷流泪，但每当这个时候，他都会问起自己：阿尔神，还记得你为什么要来到这里吗？这是你自己做出的选择。你选择这样的人生，是为了实现你生命的价值。是啊，生命的价值。投身国防事业，当一个好兵，这就是他所选择的道路，也是他的青春梦想。他一定会把它走好，走成功。

新兵连的生活是一个普通老百姓到一名军人的转变过程，新兵连紧张有序的节奏让阿尔神明白了一名合格军人应具备的基本素养。队列里的纪律严肃，一切行动听指挥，内务都是要高标准去完成的，这都是一名革命军人的基本必备的使命感。在阿尔神看来，人选择了什么样的环境，就要在思想上对那种环境有一种清醒的认识，人的本能有一种潜能，要去不断挖掘它，那样才会展示真正的自己。紧张有序的新兵连训练结束后，他被分到了老连队。下基层连队的一周后，在一次训练中阿尔神不小心摔断了胳膊，但他没有被困难打倒，在战友的帮助下，阿尔神胳膊恢复得很快。事情发生一周后，阿尔神主动要求站岗，虽然不能参加训练但他可以站好他的岗，因为他是大学生入伍的，他必须得严格要求自己。他说，每个战士有这样的一种使命感，才能永远捍卫祖国。要适应环境，而不是环境来适应自己；就像生活，人生存着，免不了要不断地去适应社会，适应身边的环境，适应与尊重是共存的。

三、明确未来，自我超越

两年部队生活过去了，阿尔神重新回到校园。阿尔神觉得一切都变了，但变的不是周围的环境，而是自己看待同龄人的眼光。部队的生活历练了阿尔神的心智，让他更加能够明白人生的含义，能够在一个完全不同的高度上来思考和重新定义人生。大学的时光飞驰而过，转眼间阿尔神就要毕业了。这个时候他面临着人生的又一个抉择：接下来该往哪里走？

阿尔神认为，自己从小享受国家对新疆少数民族的教育政策，在大学期间学了不少知识，他要用学到的知识报效祖国。恰逢这个时候学校提供了一个难得的机会——到祖国的边疆支教，成为一名援疆教师，给那里的孩子们带去知识，帮助他们实现自己的人生梦想，这也成了阿尔神最大的心愿。阿尔神想，帮助那里的孩子们学好知识，使他们受到一点启发，树立正确的人生观、价值观，积极响应党的政策参与各项活动，这就是伟大的事业了。

师者，所以传道授业解惑也。教师的责任重大，意义非凡。当好一名教师，能把学生教好，教给他们为人处世的方法，教给他们知识，给他们解答心中关于人生的诸多疑惑，使他们能够顺利成长，更重要的是，能够教会他们思考。阿尔神的决定无疑有着重要的意义。

在阿克苏职业技术学院支教，尽管只有短短的一年，阿尔神也丝毫不敢马虎和懈怠，他知道身上背负的是这些孩子的未来。阿尔神深感责任重大，因此压力也巨大，缓解压力的最好办法就是忘我地工作。阿尔神尽心尽力，引导孩子们思考，鼓励他们好好学习，继续升学，不断创造好成绩，学好汉语，争做一个对社会有用的人。

神圣的支教使命结束后，阿尔神回到学校继续开始研究生学习。其间，他被选派到新疆专项团工作挂职锻炼。在新疆县级团委挂职团工作的一年中，阿尔神始终坚持党带团的工作指导，不忘初心、牢记使命，把多年读书、当兵、支教工作中的好经验带给更多的年轻人。深入学校、基层团组织，积极开展各种宣传教育活动，组织开展首届青少年模拟法庭竞赛，让更多的青年明法、懂法，争做一名对社会有用的青年。

四、感悟人生，倾情奉献

在过往的奋斗历程中，阿尔神深刻体会到党对新疆人民的关怀与厚爱。阿尔神充分发挥自身语言优势，成为党的少数民族政策的传达者与宣传者，把小说《援疆兄弟》翻译成民族语言，让党的援疆政策在新疆热土上落地生根，传达给更多的新疆少数民族同胞，为文化援疆贡献力量。

如今，阿尔神已经成为一名光荣的基层民警，用实际行动来报答祖国。他要矢志不渝地做中国特色社会主义事业的建设者、捍卫者，为新疆的和谐发展做出自己的贡献，为新疆大局稳定倾尽全力。

"青春无悔"，多么有诗意的字眼，这是阿尔神发自内心的呐喊。从阿尔神的成长经历看，他的青春确实无悔，把自己的青春献给了祖国国防事业与教育事业，又选择了人民警察事业，继续为人民服务，在祖国最需要的地方默默奉献。他说："祖国哪里需要我，我就在哪里！"

赵超越
——永远沸腾的记忆

一、入伍——军旅梦生根

作为一个女孩子,赵超越从小就对军队有莫名的向往,大三开学前的暑期,她终于下定决心报名入伍。那时候她并没有意识到,两年的军旅生活会和她想象中天差地别,既有超出预期的辛苦,也有想象之外的收获。

在军营,被子要叠得像豆腐块,床单要铺得一点褶皱都没有,所有的生活用品都要整齐统一,房间不允许有任何一块卫生死角,如果说这些只是最基本的要求,那长时间高强度的训练就是新兵们更大的挑战。新兵连的三个月里,队列、战术、长跑……赵超越一次次地挑战身心极限,一次次认识到不一样的自己。往后的日子里,她每每想到那个时候的勇敢和坚持,就觉得充满了动力。

二、集体——深厚战友情

训练最苦的三个月里,赵超越认识了一群可爱的战友,走队列时相互配合,长跑时互相鼓励,她们一起在辛苦的日子里寻找乐趣。三个月看似难熬，其实过得很快。结业典礼上的汇报展示圆满结束时，她觉得终于为自己的努力交了答卷，也在那个时候更加明白，优秀的集体中才能产生优秀的个人，而优秀的集体要靠每个个体来努力维护。新兵连结束了，赵超越和战友们成了真正意义上的"兵"，习惯了把被子叠成豆腐块，也习惯了部队里令行禁止的生活，她们被分配到不同的工作岗位，虽然分开了，但能够在三个月的摸爬滚打中建立起深厚的感情，也是很幸运的。

三、大海——踏上护航征程

与"军舰"和"大海"为伴是赵超越两年军旅的主旋律，新训结束后，她被分配到军舰上工作。跟随军舰，她参与了海军第十九批索马里护航，参与了后期被改编成电影《红海行动》中的也门撤侨，以及中俄联演、访问欧洲……赵超越见过亚丁湾的波诡云谲，看到中国海军在最危险的地方实施人道主义救援，在也门的战火中使同胞安全撤离，在远离国土的海域磨炼兵力……能成为护航编队的一员，她感到十分幸运。7个月的护航征程中，她更加深刻地体会到了大国海军的责任担当。在执行任务的同时，军舰上的生活也是丰富多彩的，长不过100多米的军舰上，工作区和生活区被安排得井井有条，图书馆、健身器材一应俱全，甲板运动会、歌手大赛欢笑满满，与大海相伴的护航时光，温暖而充实。

亚丁湾的面积并不算大，可这里最多时云集了20多个国家的40多艘护航军舰，在这样的一片"合作之海"，护航编队在中外之间架起了一座深入交流、密切协作的桥梁。护航官兵不但经受住了大洋风吹浪打和复杂情况的考验，确保被护船舶和编队自身的绝对安全，还磨炼了战斗精神，提升了素质能力，为维护世界海洋和平稳定做出了更大的贡献。

即便退伍三年后，赵超越每次看到海军的动态，在新闻中看到战友熟悉的面孔，心里依然是一阵激动。坚守护航彰显出中国海军走出去履行大国责任的初心和恒心，走出国门的护航官兵，是传播和平友谊、展示中国军队形象的国家使者，能有这样一番经历，是她人生中宝贵的财富。

四、纪念——部队生活影响深远

两年军旅，赵超越见证的海军发展过程中一个小小的阶段，却对自己产生了极大的影响。她感叹："多幸运自己能参与海军的重大任务，多幸运自己生活在这样一个安全和平的国家里，多幸运我们有这样强大的祖国和军队。部队也教会我珍惜眼前的生活，我相信人生的每一步路都不会白走，珍惜时间，脚踏实地做好每一件事，就能看到更有意义的生活。"

高宏斌
——坚定不移的从军选择

为什么当兵，其实这个问题现在高宏斌也有些说不清了。

一、朴实又可敬的军旅梦

首先，高宏斌和大多数男生一样有着一个军人梦，但又和其他人不太一样，记得新兵连时总会有人问他为什么来当兵，他的回答是献身国防，虽然听着很宽泛，但这就是他内心最真实的想法。

他出生在和平年代，一个衣食无忧的年代，能过上如此幸福的生活，高宏斌特别感恩祖国，所以自他懂事之日起，他就时刻想着，这一生不论怎样，都要为祖国做出贡献。于是他想到了当兵，风华正茂，他果断选择了参军入伍，从此踏上军旅生涯。

其次，他想通过当兵来减轻家庭的负担。他出生在农村，家里有两个哥哥，一个妹妹，大哥初中就辍学了，其他的兄弟姐妹都在上学，家里经济条件不佳，父母非常操劳，家庭的重担压弯了他们的腰，染白了他们的头发。高宏斌不想看到自己的父母一辈子都面朝黄土背朝天地辛苦劳作。

当兵一方面能圆了军人梦，另一方面还能靠自己的能力减轻家庭的负担，所以不论他人道何是非，也不怕当兵有何磨炼，他毅然决然选择了这条路。

二、崎岖坎坷的从军路

在 2016 年高考填报志愿时高宏斌就报过军校——国防科技大学，但遗憾的是梦想终究还是落空了。大一入学后，他感到不甘心，想去当兵，但是父母盼望他能学业有成，没能同意他入伍。可等到第二学期，他想当兵的愿望日益迫切，于是他背着父母报名、体检，直到确定要走时，才开始做他们的思想工作。

三、事与愿违后的挣扎与调整

事情不总是一帆风顺的。他的军人梦其实萌芽于海军基地，他从前总是在想，要把自己的一腔热血挥洒在祖国的海疆上。他的入伍志愿原本报的是海军，但事情终不遂人愿，他被分到了武警辽宁总队。他原本想去南方守护祖国的海岸线，可这次他的人生轨迹再次北上。在备受挫折打击的时间里，家人和老师陪伴着他，让他走出错过的遗憾，坚定在武警部队服役的信念。

四、从军的宝贵收获

服役两年，从一名地方青年到一名战士，再到一名合格战斗员，他经历了很多，也收获了很多。

部队其实也是社会，在这里，不仅能练强身体素质，还能学到如何为人处世，尤其是经过长期磨炼，意志品质都会有明显提升。凡是当过兵的人，往往踏实肯干、耐心细致、坚持不懈、从不言弃，这些优秀品质将在日后走向社会时给予自身很大帮助。当然，他还结交了来自天南海北一起摸爬滚打的战友，收获了坚实的兄弟情，这将是他一生永远的财富。

吴靖杰
——人生最美是军旅

人们常说"人生最美是军旅"。吴靖杰选择去当兵,有一部分原因是受到刚退伍回来不久的哥哥影响,加上从小接受影视剧的熏陶,参军入伍这个念头便深深扎根心底。

一、蜕变之始,信念扎根

当吴靖杰看到校园里火热的征兵宣传后,他便毅然决定暂别校园,携笔从戎,去部队里历练一番。但由于身体素质较差,他没有通过2016年的征兵体检。之后,吴靖杰用了一年时间来加强锻炼。在校院老师无私的关怀和帮助下,2017年,他终于如愿以偿,踏上了从军之旅。一路从北到南,从政治文化中心的首都到素有"恒春之都"美誉的彩云之南,望着车窗外似乎从未有人踏足过的原始森林般的景象,他在心底里暗暗告诉自己:我定要用尽全力去完成从一名北邮学子到一名合格戍边人的蜕变。

吴靖杰服役的单位曾被公安部边防局授予"缉枪缉毒英雄集体"荣誉称号,被驻地的群众亲切誉为"傣乡尖兵",地处祖国最边远也最艰苦的西南方,离国门仅十来分钟的车程。刚下连时,发现偌大的营区里只有主官和几位老班长，后来才知道，其他大部分的人都去边境维稳执勤了，当年正好是缅甸内战最激烈的时期，边境流弹飞蹿，夜里时常炮火连天，严重威胁到人民群众的财产安全，单位出动了几乎全部力量去边境维稳，直到第二年换勤，才发现营区里多了很多新面孔。因为常年在外执勤，换勤回来的战士们像回了家一样开心，在祖国最边远的地方，单位就是战士们的第二个家，"平时亲如兄弟，战时情同手足"，这是挂在他们学习室里的标语，也是单位一直所尊崇并努力践行的真理。

二、扎根边疆，坚守岗位

部队里的生活并不都像影视剧里的那样激情澎湃，重复且单调的训练、琐碎却又繁杂的工作会让人觉得生活何其枯燥，加上日复一日地训练、站岗和在边境线上执勤，难免会让人对生活产生怀疑。训练是家常便饭，站岗更是雷打不动，因为在位人员少，一上岗就是一整个上午，遇到特殊情况时，也时常从下午2时站到晚上10时。除了训练，吴靖杰还喂过猪、种过地、除过草、做过饭，给单位文书写过新闻稿子、做过板报、参与发表过宣传文章，其中参与的一篇政工新闻稿登上了云南网。

他自从进了部队才知道，"幸福可望而不可即"不是矫情，而是普遍的真实写照。身处在祖国最边远、最艰苦、最危险的地方，见到了这些离家最远，离危险最近的边疆卫士们，一如既往尽职尽责地战斗在边疆一线，才明白校园里的幸福安稳生活是多么来之不易。学生们能安心坐在教室里学习，离不开这些边疆卫士们默默无闻、奋不顾身、甘愿为祖国奉献自己美好青春的英勇顽强，更离不开他们无怨无悔、扎根边疆、几十年如一日的恪尽职守——坚守岗位，戎马一生。

三、不忘初心、砥砺前行

吴靖杰时刻警醒自己要不忘初心。作为一名大学生士兵，不光要军事素质好，文化素质应该更加优秀，在训练时他比别人付出更多的努力，在休息时充分利用时间来看书学习。在新兵连时他养成了写日记的习惯，在入睡前，将每一天训练生活的所思所感都认认真真写下来，将服役期间的点点滴滴都记录在了日记本里，将收获用文字记录下来，用以时刻警醒自己砥砺前行。正如梭罗在《瓦尔登湖》中所说的那样："我无意过那种缺乏意义的生活——生活何其美妙！我也无意顺从天命，除非十分必要。我要深切地活着，吸纳生命所有的精髓，活得像斯巴达人那样刚劲强毅……"

2019年年初因国防的需要，吴靖杰所在的这支英雄部队改编为人民警察编制。编制虽然变了，但军人的优良作风不会改变，军人的血性是融在骨子里的。虽然提前结束了他服役的时间，但一日是兵，一辈子都是兵，一朝是军人，终生为军魂。这段军旅已然成为他人生中的重要转折点，从此，吴靖杰时刻严格要求自己，积极面对生活，坚持将在部队上学到的知识践行到日常学习生活中来，用实际行动诠释"退伍不褪色，退役不退志"的革命军人本色。

张凯翔
——深入心灵的家国情怀

召之即来，来之能战，战之必胜！

这句响亮的口号即便在张凯翔已经退伍两年多后，还时常让他想起，还是一如既往地令他感到热血沸腾。成为军人是他永远不会后悔的决定！

一、缘起——初次相识红色征程

朋友们总喜欢问张凯翔为什么要去当兵，在他们的眼中，张凯翔考上了一个好大学，理应好好学习，毕业后找个好工作，可从军这个选择仿佛与其人生选择有些背离。

他为什么要在大学才读过半便携笔从戎？如果说是为了保卫国家、传承红色基因，这个理由或许太过官方；如果说是因为政策优待、薪资待遇，这个理由或许太过势利。对他而言，其实很简单，他只是想体验不同的人生经历。

从小到大，张凯翔一直在父母的安排中前行，按部就班，身边结交的朋友也是与他有同样的历程，但是张凯翔一直相信他们的世界绝不仅限于此。

如此纷繁复杂、美妙无穷的世界，那么多不同的人都还没见过没有结识过，他想，这绝不应该成为他青春的全部回忆。加之小时候对军人的敬仰和对军队的神往，当征兵宣传来到学校来到其身边的时候，他知道这一定要成为他人生的一部分，他这样告诉自己。

二、历练——顽强成长于暴风中

来到部队后，张凯翔经历了各种各样的不适应。超快的军队训练节奏，令行禁止的军人作风，过得硬、叫得响的军人素质让这个曾经慵懒的大学生显得格格不入。

班长常说三个月的新兵训练要把他们从一个社会人员变成一个解放军战士，这是一个脱胎换骨且刻骨铭心的过程。正如他所言，新兵连的三个月是他整个军旅生涯中最怀念的时光。那里有有苦一起扛、一起流汗一起流血的战友；那里有表面严厉冷漠，可是当你生病时可以一整天在身边照顾你的班长……

三、功成——梦想于喧嚣中绽放

有人问张凯翔军人意味着什么，他说："这绝不能仅仅定义为一个职业，我们所处的世界远比我们想象中的要危险得多，军人是我们最后的屏障，成为军人你就会明白家国情怀的含义！"

他所在的军种是火箭军，主要执行战略性的威慑任务，所以会有较多的战备和前线值班等任务。今年的国庆阅兵中压轴出场的一系列大国重器是国家和平发展、人民安居乐业的保障，也是我们作为中国人自信心的体现。他真诚地希望越来越多的学弟学妹能够加入解放军、加入火箭军。

从军后带给他的绝不仅是身体的强壮，也有过人的意志力和吃苦耐劳的品质，即便是退伍了两年多身体上的从军痕迹正在被不断地抹去，但是军人的气质是刻在骨子里的东西，永远不会消退。好男儿志在四方，趁着青春年华，多去拼搏多去感受，失去的可能是两年的青春年华，但是带来的是家人永久的荣耀和自己宝贵的回忆。钢铁的军营，热血的军旅，是永远无悔的选择！

若有战，召必回！

王建伟
——军人退伍不褪色

　　王建伟来自经济管理学院2014级工程管理专业。他说自己非常感谢学院的领导及武装部的老师们的帮助，让他能有机会实现军旅梦。

　　这两年的军旅生涯将他从学校那种轻松的生活中抽离出来。他所在的部队是野战军，顾名思义，一年至少有一半的时间需要外出驻训或演习。尤其在入伍第二年，他只在营区待了不到三个月，其余时间都在外驻训，在各种艰苦的环境中磨炼打拼。但也正是这样的经历让他收获了许多，从幼稚走向成熟，从安逸放纵的社会青年变成令行禁止的坚毅战士，从盼望着早早离开到最后离开时的恋恋不舍。

　　两年的军旅生涯，有艰辛，有痛苦，有委屈，有欢乐，更有战友情。这两年，王建伟体验过汗水浸透全身的艰苦训练，体验过惊险刺激的演习对抗，体验过互相依靠的战友情。他说部队锻炼了自己，不仅让自己拥有了更好的身体素质和铁一般的信念，更是培养了独立的性格，教会自己遇到困难，不逃避，不放弃，勇敢面对，他相信这些都会成为自己人生中最宝贵的财富，烙印在记忆的深处。

　　军人退伍不褪色，王建伟表示，今后无论身处什么样的岗位，都会一如既往地以严谨的态度、坚定的意志，创造属于自己的价值。

李想
——勇敢练就的优秀品质

李想来自经济管理学院本科2018级电子商务专业，服役期间其所属的是机动部队，平时训练量大，执勤时间长，这两年里他参加过森林防火、抗洪抢险等重要任务。服役两年，他始终发挥自身大学生士兵的优秀品质，军事素质过硬，各项考核名列前茅。

服役期间曾有一次紧急救援让他印象深刻，连日暴雨导致太湖水位持续上涨，位于无锡段太湖堤岸发生管涌和塌方险情，李想所属的机动支队接到救援命令后火速驰援。经过8个小时的连续奋战，加固堤坝200米，参战官兵累计装填搬运沙袋4000余袋，管涌险情得到了有效控制。

部队生活不仅让他练就了更健壮的体魄和铁一般的信仰，最重要的是练就了面对困难不低头的坚韧。每次在高强度的训练中，连续长时间备战后，还有经历挫折时，他常常会被压得喘不过气，但任务必须完成。他开始明白，与其毫无意义地抱怨，更应该首先开导自己，给自己打气，让自己充满能量，以积极的姿态去面对、去拼搏。

两年的磨砺中，李想始终发挥大学生士兵的优秀品质，力所能及帮助连队完成各项工作，在日常生活中尊敬上级领导，团结同志，军事素质过硬，各项考核名列前茅，获得了"大队全能科目示范兵""2019年优秀士兵""2020年'四有'优秀士兵"等荣誉称号。

李想表示："两年的军旅生涯让我感到收获了很多，成长了很多。从刚入伍时的各种不适应到临近退役时的依依不舍，这两年的经历让我更为成熟，更为我接下来的人生路指明了方向，夯实了信念。"

杨迪
——永远优秀，永记初心

杨迪来自经济管理学院本科2019级公共事业管理专业，作为我校为数不多的女兵，在服役期间担任话务员。

平时接转电话就是她的工作，但别小瞧这个看似简单的岗位，在日常训练中她们需要熟背1000多组号码、编制以及接转原则。在学习业务期间她非常努力，熬夜到凌晨是常有的事情，她开玩笑地说道："我出早操的时间都在打瞌睡。"

但功夫不负有心人，她成了同批次中第一个独立的话务员。由于岗位的特殊性与机密性，在平时工作中容不得半点差错，在日常工作中话务量大时，常常一上午都顾不上喝一口水。在服役期间，杨迪同学参加过多次重大通信保障任务，身处岗位的她工作认真负责，转接好每一通电话、保障好每一个用户的权益是她的工作职责，也是她对自己的要求。

由于专业过硬，她在服役期间还被选拔参加通信专业比武，取得了不错的成绩。入伍期间杨迪同学被评为新兵先进个人，获得"2019年优秀士兵"和"2020年'四有'优秀士兵"等荣誉称号。

入伍两载，使她收获了很多，了解了很多，也长大了很多。她体会到了军营的艰辛,也回想起了在学校的幸福。她说,自己在军旅最大的收获就是变得自信了。之前在学校里杨迪是一个各方面都平平无奇的人,认为自己比不过其他同学,但在部队的经历让她发现了自己的能力与长处,对自己有了信心,让她明白只要肯努力自己也可以取得成功。

张可凡

——在三尺哨台上书写无悔青春

张可凡，男，汉族，1998年4月出生，北京邮电大学经济管理学院信息管理与信息系统专业2019级本科生。2018年9月应征入伍，服役于武警内蒙古某部。多次参与武装巡逻、武装押解勤务，参加并圆满完成"卫士"系列演习、"魔鬼周"保障任务。2020年9月光荣退伍。

服役期间担任过步枪手和文书等岗位，由所在单位颁发过季度考核先进个人、执勤先进个人奖项，荣获优秀义务兵一次、"四有"优秀士兵一次，同时在队期间单位获得军事训练标兵中队称号。所在中队驻守在位于万里黄河"几"字弯头，有着"塞上粮仓"美名的巴彦淖尔市，信念如磐地诠释着"河套卫士"精神。

一、憧憬军营，渴望蜕变

张可凡想投身部队，一方面，他始终认为参军入伍是人生一次难得的经历和宝贵财富，投身到部队这个大熔炉中，主动对自己意志和身心进行磨炼，可以培养自身坚韧不拔、勇往直前的优良品质。另一方面，在大学生活起点的大一学年，他对学业发展与职业规划总感到迷茫，恰好需要一针热血与纪律凝聚而成的强心剂来重整旗鼓，去结识来自五湖四海的战友，领略更为丰富多彩的青春。

生命中总存在着几次重要的人生转折点。对他来说，2018年就是生命中关键的一环。在通过报名初筛、体检和政审等环节之后，张可凡终于成了光荣的中国人民武装警察部队的一员。

二、新月半勾曲，兵马卫北疆

从聆听别人的军旅故事，到自己参军入伍，从一名普通的地方青年，到一名武警战士，昨天仿佛就在眼前。

在他起初的想象中，作为一名军人的生活应该是万分精彩，然而现实中的他却要从平凡做起，从基础开始。初入军营，奔跑赛道上，3000米，仿佛不再是一个数字那么简单，而是一种任务，一种担当，一个磨炼自己意志、磨砺自己血性的机会，一边奔跑，一边感受风从耳边掠过，仿佛那一句："且趁闲身未老，尽放我，此生疏狂……"

新兵连是军旅生涯的第一步，在里面的时光是军人生活中尤为重要且弥足珍贵的三个月。从告别学校，告别老师，踏上火车的那一刻起，他的身份就变得不同以往。至今回想起来这三个月的经历，许多画面还映在脑海中。班长的每一句教导、每一个示范动作，都使他的观念从本质上发生了变化。在来到陌生的环境、融入陌生的集体、接受陌生的规矩等种种不同的经历中，他开始慢慢地适应、习惯了这种生活，同时也结识了很多的新朋友、新战友，学习了很多的规矩道理、军事技能，流了很多的汗水、泪水。从一名地方青年转变成真正的合格军人是必须完成的蜕变。想要改变一个人非常难，但是在这里，张可凡改变了自己。

三个月的时间充实而深刻，漫长又短暂。新兵连的结束也意味着他即将和身边的战友们告别，各奔东西，去新的工作岗位上工作、生活。

欢笑、泪水、伤痛、欣慰，这些点滴构成了他的新兵连，构成了广阔军旅路的第一步。授衔的那一刻还犹如发生在昨日，当红色的军衔真正挂到肩上的时候，有激动，有自豪，有重量，还有一些紧张，因为这不仅仅是一个军衔，它意味着责任，意味着担当。那段时间里学到的科目，和身边的战友一起摸爬滚打的经历，都构成了弥足珍贵的回忆，值得一生铭记。

三、戎归邮苑里，整装再出发

转眼之间，两年的军旅生活就走到了尽头。回首两年摸爬滚打的生活，以及藏在其中的自我成长、成熟，在脱下这身橄榄绿、告别军旗、离开火热军营的时刻，总还是充满伤感。

虽然两年的军旅生活掺杂着苦，但他认为这苦吃得值。告别了身边一起扛过枪、流过汗、朝夕相处的战友，熟悉的营房，曾经摸爬滚打的训练场，他坚信，这将是一生最宝贵的精神财富。回到学校后，也许前方的人生路很漫长、坎坷，但他是一名军人，身体中流淌着军人的血液，忠诚担当、精武善战的队魂永远在他心中。他相信，凭着军人坚强的意志、吃苦耐劳不怕困难的精神，定能开辟出一条新的人生路。

他说："每一个退伍的士兵，都有一段痛并快乐着的回忆，也对自己的军旅生涯有着一段特殊的感情。从坐着军车进入军营四处张望、班长喊集合时仓皇失措地放下背包、站着不是那么正规的军姿，到带着伤疤退役，脱下已卸掉军衔标志的军装和百般的不舍，一天穿军装、一生享荣光，我穿的这身军装是我军旅生涯最好的见证，是我奉献国防最好的勋章。有了当兵的时光，不枉此生！"

莫远洪
——永葆热爱，奔赴下一场山海

莫远洪，北京邮电大学经济管理学院 2018 级本科生。2019 年 9 月响应国家号召应征入伍，服役于武警吉林总队某支队，新兵大队（营）期间获军事训练考核战术第三名、单杠第二名等，教育训练工作考核总评优秀，被评为爱军习武好战士、训练标兵、全能尖兵。下连后历经战士、副班长、新闻报道员等职，在连队先后担任过狙击手、步枪手，是多项军事训练科目纪录保持者，参加过单位内各重大演习、各种尖刀分队军事比武、理论授课大赛、演讲比赛、应知应会知识竞赛、省市内各种重大安保执勤任务等。服役期间荣获"四有"优秀士兵 2 次、优秀理论骨干 1 次、"爱军习武"好战士 1 次、个人嘉奖 2 次，曾多次被评为理论之星、学习先锋、训练尖兵。

一、军之缘——不负热爱，不负信仰

人们常说，人生是一场修行，既然选择了这身橄榄绿，也就注定选择了一场无悔的青春。很多亲朋和同学都问过莫远洪为什么选择入伍，他的回答始终是"就是想去"，其实他也记不清楚参军入伍这个念头具体是什么时候和怎么萌芽的，但他始终清楚逐梦军营的心异常坚定。

或许是小时候家里抗日战争剧播放的影响，或许是长大后看到阅兵那"中国排面"的热血与神圣，或许是《战狼2》中那一声"开炮"的热血沸腾和无比感动。军强才能国安，中国军人永远是祖国最强大的后盾，也许这些家国情怀已经潜移默化地影响着他，于是他渴望奉献自己的青春和热血，加入时代最可爱的人的行列中去。

高考结束后，他成了一名普通的大学生，每天上课、吃饭、休息。偶尔想起自己的军旅梦，他总感觉青春远不止诗和远方，看到征兵宣传信息或许是偶然的，但参军入伍这个选择，很早之前就成了必然。因此，他想用两年青春，做一件终生难忘的事情。

二、军之旅——光荣在于平淡，艰巨在于漫长

哪有什么岁月静好，只不过是有人替你负重前行。军人并非生而光荣，这一份光荣的背后是抗日战争中无数革命英雄流血流汗换来百姓的安居乐业，是抗击新冠疫情斗争中那一个个奔忙而坚定的身影、那一张张疲惫却坚毅的面孔，是强大信念意志汇聚成一往无前的钢铁洪流，是无数血肉之躯筑起抵御疫情的新的长城。确实如此，只有自己亲身经历过当兵的日子，无论长短，才能真正体会到军人身上肩负的职责与使命，才知道那一身帅气的军装不仅仅是一身迷彩。

刚入伍的时候，体能可以练到晚上躺下秒睡的状态，军姿可以面向太阳站到头晕目眩，无数次的紧急集合令人惊慌失措。入冬时在冰冷的石沙掺杂地上练战术爬得手脚磕破流血，却一趟又一趟地爬。白天的训练已经让人身心俱疲，晚上还需要在严寒下练据枪瞄准。到最后他才真正领悟到"合理的是训练，不合理的是磨炼"的真谛。

经历过无数次看似枯燥乏味的训练之后，他站出了挺拔昂扬的军

姿，体能水平稳步提升，紧急集合全程下来行云流水又快又稳，在一趟一趟的战术训练中磨炼出了军人血性，感受到与战友之间的军事竞赛比拼是何其快乐，也多次在实弹射击中屏气凝神打出好成绩。军旅梦一直在给予他向上的力量：千锤百炼出精兵，摸爬滚打铸英雄。于是他拼了命地练，坚信总有一天会成为一名合格的中国军人。耐力负重跑跑到两腿发软，俯卧撑做到吃饭拿不起筷子，引体向上拉到血染单杠，老茧一掉再掉一磨再磨，一有时间就给自己加练或和战友们"开小灶"，一天训练下来就像刚从水里出来一样。那时候他始终以"努力到无能为力，拼搏到感动自己"鞭策鼓励自己。

后来，他新兵连训练工作考核总评优秀，被评为爱军习武好战士、全能尖兵。下连后他始终秉持部队"见红旗就扛，见荣誉就争"的传统，在各项训练工作任务中积极作为，表现出色，历经战士、副班长、新闻报道员等职，在连队先后担任过狙击手、步枪手，是多项军事训练科目纪录保持者，多次参加尖刀分队比武和担负重大任务，为连队争荣誉，一步步诠释军人的价值。两年军旅生涯，其中也许有平淡无奇的生活，也许有许多未知的困难和挑战，也许时间很长，但时光不负有心人，军旅无悔，他用实际行动诠释了这场青春之行很值得！

三、军之续——山高路远，看世界，也找自己

一身橄榄绿，一生无悔。把两年青春奉献给国防事业，他收获了最珍贵的战友情谊，他得到了磨炼与成长，部队中的团结、感恩、奉献、担当、勇敢、吃苦耐劳等军人的优良作风和传统更是让他刻骨铭心。"部队是个大熔炉，也是个大学校"，确实如此，部队锻炼的不仅仅是他们的身体素质，更多的是培养军人身上的毅力、品质和价值等。参军

两年，他感受最深的并不是个人获得的荣誉，而是军人的那种为人民服务的无私奉献精神，那种家国情怀。当兵之前觉得当兵帅、特别热血，觉得当兵是一件特别崇高的事情，而进入部队之后，才真正理解了什么叫"家国情怀"。那是通宵熬夜挖壕刨坑抢修工事，挂着铁锹站着也能睡着；那是抗洪抢险，狂风暴雨中的最美逆行；那是春节、中秋等节假日一家不圆万家圆的执勤坚守。

退役不退志，退伍不褪色。两年军旅生涯，他收获了许多有形或无形的宝贵财富——身体和意志的磨炼、心态上的积极乐观自信、无比珍贵的战友情谊、优良的传统和纪律、为人处世的经验、做事的强大执行力和大局意识、重视细节和对自己做事高标准的严格要求……他始终牢记"为人民服务"的宗旨，完成当兵的使命之后，重返校园是为了续写他的大学梦，正如北邮精神所倡导的"崇尚奉献，追求卓越"，既要在学习研究工作上踏踏实实有所突破，多积累社会经验，也要在生活上过得自由快乐，坚持做自己热爱的事情，做好每一件小事；积极融入新集体，参加各种竞赛、实践、志愿服务等活动，服务同学贡献力量，与老师同学们共同学习成长进步，在多方面拓展自己的工作能力，使自己更全面地成长。他仍然记得退伍前一天指导员对他的谆谆教诲，其中一句语重心长的话至今还印刻在他脑海中——"既读有字之书，也读无字之书"。是的，学习固然是大学很重要的一部分，但更重要的是为人处世的经验。一生或许很长，以后的路或许很远，青春不止诗和远方，但是无论走到哪里，都要对自己有一个清晰的定位，保持一颗热爱的心，仰望星空亦要脚踏实地！

陈文武

——携笔从戎，只争朝夕

陈文武，男，中共党员，北京邮电大学经济管理学院2017级本科生，2019年9月应征入伍，服役于中国人民解放军陆军某集团军"济南第一团"，担任35毫米自行高炮炮手、弹药手。服役期间参加过承训新兵、机场驻训、濒海训练、远程机动、铁路装载、跨海投送、防空兵实弹战术演习、某重要演习等重大任务，被评为"四有"优秀士兵一次，获得旅嘉奖一次，荣获"十佳退伍老兵"称号，2021年9月退出现役。

一、携笔从戎——二十年来最勇敢的选择

2019年，对陈文武来说是一个很重要的年份，在这一年，他选择了参军入伍。这意味着跳出舒适区，去接受最严酷的训练、最彻底的洗礼和最深刻的蜕变。当兵的确是一个选择，但也不是每个人都愿意选择和能够选择的，如此，他才在选择前面加上勇敢两个字。

当然，他没有刻意把当兵提到一个很高的高度，当兵本身是服役。役，戍边也。某种程度上它是公民对国家安全应负的责任。当被问及为何突然暂停学业选择入伍，他回忆起当时点燃起他心中参军烈火的两件事。一是当年6月他成了一名光荣的共产党员，这个身份使他衍生出一

种强烈但现实的疑问：他这个共产党员到底能为社会做些什么？这个问题不断在他的脑海中出现，正逢征兵宣传如火如荼，那就去当兵吧！在征得家人同意后，在辅导员的支持下，他果断选择报名。二是年初，木里火灾致数十名消防队员牺牲的事件给他很大震动，他更加明白了"哪有什么岁月静好，不过是有人替你负重前行"这句话。

在他的认知里，军人群体是理想英雄主义在现实的化身，是永远可以信赖的超级英雄。他虽然平庸，但愿意加入这个集体，在风雨来临的时候不再是寻找庇护，而是成为逆行者，成为别人的庇护。当兵的决心有了，还要面临严格且复杂的体检、政审、役前训练。幸运的是，他通过了一系列的审核，最终踏上了南下的列车，完成了学生到军人的转变。

人生就是选择及其结果的总和，但关键的选择并不多，在面临这些选择的时候一定要综合衡量，一旦认定了，那就去做吧。

二、扎根基层——编织天网镇守东南

"当兵不是为了吃苦，但当兵一定要吃得起苦"，他下到连队第一眼就看见了这句话，部队的生活也一点点证明了这句话的真实性。从进入军营那天开始，高墙和规矩就把他们和外界分隔开了。他们要从吃饭、走路、说话这些最基础的东西学起，要习惯上级的批评，要接受方方正正的管理。

很多人说部队是大学校、大熔炉，他更愿意把部队比作一块粗糙的磨刀石，把他们身上与部队不相符合的一切杂质给磨掉。刚开始很痛苦，很压抑，理想和现实的反差一次次动摇着支撑自己坚持下去的信念，这是无法逃避的阵痛。但是，初生牛犊不怕虎，越是艰险越向前，

当渐渐发现身上的锋芒，才明白曾经的痛苦与煎熬都是值得的。

当兵两年，转战三省五市，见识了阵地上高炮昂首、炮响靶落的壮观场面，领略了黄海风平浪静、一望无际的美丽景象，看到了轰-6K战机一架一架平地而起、冲向蓝天的震撼画面；当兵两年，更多的是站不完的岗、挨不完的批评、出不完的公差、搞不完的卫生、跑不完的五公里，当时感觉很苦，却也走到了最后。两年，七百多个日夜，眼神变得坚定有光，皮肤变得黝黑粗糙，身体变得结实有力，这些都是部队在他身上留下的痕迹。在卸衔仪式上，当驼铃声响起的时候，他终于回过神来：他的军旅故事就这样结束了。两年的点滴生活像过电影一样在脑海里浮现，他紧紧抱着朝夕相处的战友，那一天，他们哭了好久。

在众多的经历中，有两段经历，每每回想起来都能感受到无比的荣耀。

一次随部队摩托化远程机动，部队在服务区短暂休息，他负责车队一侧警戒。有一对年轻夫妇特意带着小孩走到他前面给他敬礼，还告诉孩子长大也要当兵保家卫国，他当时内心非常激动，但还是保持镇定，赶紧给孩子回了一个标准的军礼。他明白，他们不是给他个人敬礼，是给这身衣服敬礼，他一定要对得起这份尊重。以后每次执行任务期间遇见群众向他们敬礼，他都一一回礼，既是互动也是播种。

另一次，防空分队在射击阵地进行对空抗击演练。塔指突然传来"停止射击"命令，他们立即执行退弹、调整射界，然后待命。后来得知当时美国高空侦察机正抵近侦察，靠近我方射击空域，空军当即出动战机驱离，为避免误射，决定暂停射击。此后一段时间分队处于临战状态，一旦敌机进入领空，我方的火力网必须覆盖住，否则后方的领土将完全暴露在敌机的炮口之下。经历了这次事件，他真正意识到战争随时可能会发生，作为一名战士，没有撤退可言。后来他们驻守某轰炸机机场，看着腾空而起的战机跨海去执行任务，那是一种言语难以描述的自豪和承诺——你们放心去前线，大后方交给我们。

两年，不长不短，虽然没有干过惊天动地的大事，却也没有虚度，他守卫过脚下这片热土，还有生长在这片热土上的人民。在临近退伍的时候，他在个人总结末尾写道：走过部队里的小沟小坎，迎接社会上的大风大浪。

三、退役复学——平凡的日子里再次冲锋

2021年9月，他终于回到阔别两年的北邮，再次开启了大学生活。时间让他与学校都变了模样，但重逢还是让人感到亲切。经历了部队生活，再次回归校园感受到一种极大的释放，他更加珍惜大学里宽松的环境和学习的机会。然而，此刻学业和社交压力也紧随而来，让他一时招架不住，他开始调整心态、放低姿态、万事尽力、顺其自然。

没有什么可以将他们打败，他相信中国军人有这份自信。两年已使他磨棱角、褪优越、沉下心，故事总会结束，征程又要开始，长路漫漫，还是要专注于本职。在布满荆棘的前进路上，努力发扬好"济南第一团"的三争精神，践行好"厚德博学，敬业乐群"的校训，靠近光，追随光，成为光，散发光。

宝浩铭
——在部队中书大丈夫之志

宝浩铭，男，内蒙古通辽人，北京邮电大学经济管理学院经济学专业2019级本科生，2020年9月入伍，2022年9月退伍。服役于联勤保障部队某储供基地，服役期间获"四有"优秀士兵一次，在部队入党。

一、军旅初印象

宝浩铭对于军人的最初印象来自赴汤蹈火的消防员们，年幼时他就在电视里看到，无论是面对熊熊烈火还是汹涌水灾，总有一群英勇无畏的人，逆行而上，拯救人民。当时他的第一印象是他们"很帅"，觉得他们无比勇敢，也在心底里埋下了想穿上这身帅气军装的梦想。

后来在兄长的影响之下，他也成了一名军迷。随着年龄的增长，心中那个从军梦不仅没有消减，反而愈演愈烈。只可惜连着两次在高考中与军校失之交臂，让他一度认为自己终其一生可能也无法实现这个理想，后来在大学校园里，他又在老师的关心和同学的鼓励之下重拾信心，成功通过体检政审，实现了他的军人梦。

二、军旅初体验

可惜的是，直到他入伍那天，他的各项体能训练依旧未能达标，因此新训的三个月，对他而言，漫长而充满回忆。他记得连队第一次组织体能考核，四项基础体能全没及格。就是这一句话，让他鼓足了干劲儿，要让大家对他们大学生士兵刮目相看。于是在班长和战友的陪伴下，他在熄灯后加练"三个一百"，体能训练时，别人都跑三公里，他单独跑五公里加练，在吊杠环节，他从来都是第一个上，最后一个下，手上的茧子来回磨掉了三遍。长时间的训练总是能换来令人信服的回报，新训结业考核时，他四项基础体能都达到良好，战术基础动作、化学防护的成绩也能在连队名列前茅。

三、艰巨在于漫长

他的基层分队是旅机关的警卫勤务分队，刚刚分配的时候，他被森严的上下级关系、艰巨而枯燥的岗勤任务、不太融洽的战友关系和复杂多样的保障勤务所淹没，每天连洗漱时间都要自己找，这和之前的同样艰苦但总是充满愉快的新训生活形成了鲜明对比，让他不禁感到十分失落。好在学校的武装部老师在得知情况后，主动联系到他，并号召已退伍的学长及时开导安慰他，鼓励他走出困境，并时常关心指导他的生活，时间一长，随着更加熟悉分队生活，他也逐渐放下心中的负面情绪，勤勤恳恳忙碌在自己的岗位上。

四、光荣在于平淡

"兵马未动,粮草先行"是人们对于联勤保障部队的第一印象。尽管相比于平日训练炮火连天的集团军部队,他们的生活仿佛极其"平淡",但当他真正投入部队训练时,还是深感不易:军需物资的装卸与保存、野外军械库的开设与撤回、油料保障与防护、消防战斗等,每一项训练内容既需要严谨的评估计算,又要和时间赛跑,超时就代表着失败。当真正投入各种训练之后,他又重新找回了成为军人的快乐与骄傲,无论是酣畅的胜利还是极致的痛苦,都让他的人生充满了回忆。

幸运的是,他还随队参加过数次拉练驻训和押运保障任务,台风急袭的八闽山林、哈气成霜的辽宁半岛、林寒涧肃的鲁东野外,都留下了他的足迹。2022年6月,由于之前的工作成绩得到了领导肯定,他被推荐入党。当天,首长握住他的双手,说道:"因为你,我知道了北京有一所邮电大学,以后有机会,一定亲眼去看看。"恍惚之间,他想起了新兵连长的感慨,不禁笑出了声,从不被看好,到给母校代言,一路可谓磕磕绊绊,好在最后的结果非常不错。

退伍的前一夜,恰逢分队"新鲜血液"补充进来,望着一个个"卤蛋头",不禁回想起了当初那个非要当兵的自己。最后一次晚点名时,他给大家寄语:"两年之中,我其实只明白一个道理,当理想真正照进现实的时候,不要忙着高兴,要看看自己还有哪些做得不够好,其实不够好倒也没关系,最简单的办法就是脚踏实地,突破极限,超越自己,让自己成为一个顶天立地的军人。"

把自己的青春融进火热军营,能和战友们一起筑成党和人民的钢铁长城，是宝浩铭一生的荣耀与幸运。亲如兄弟的战友情、酣畅的胜利与极致的痛苦，也将是充满一生的回忆。"大丈夫之志，应如长江东奔大海。"军营教会了他拒绝犹豫和内耗，有了梦想，就要踏雪去追。追梦的同时要脚踏实地，杜绝浮躁，一步一步地走向胜利！

贠钧
——从军旅到校园的雷锋精神

2015年，经济管理学院优秀学生干部贠钧响应祖国号召参军入伍，服役于雷锋同志生前所在部队——陆军某工兵旅雷锋连。

初入军营时，他还是个戴着眼镜的小胖子，班长们挑选新兵时，他也没有很高的"人气"，但他并没有因此灰心，而是下定决心要实现蜕变。新兵三个月，他每天清晨第一个起床整理内务，中午放弃休息坚持军姿养成，晚上加练体能直到汗水把报纸打湿，最终在内务、队列和军事素质各方面取得巨大进步。

下连时，他作为9名新兵之一，从300多人中被选拔到雷锋连，实现了从学生到战士的华丽蜕变。在英雄的连队里，贠钧更加珍惜荣誉、勤奋工作。他认真学习理论知识，连续4个月被评选为"基层连队理论学习之星"，参加雷锋团"我爱写日记"知识竞赛取得第一名；刻苦训练军事技能，单兵掩体、装备保养等科目均为优秀，还被选拔参加新兵班长集训；负责连队新闻报道工作，被评为"优秀新闻报道员"，并在全军政工网发表新闻稿数篇。

一、捧一颗红心——血脉传承坚定信仰

自2017年入党以来，贠钧不断加强党性修养，担任党支部副书记，他发挥党员先进性，密切联系群众，担任多名同志培养联系人；他入选学生党员骨干培训学校本科生班并担任班委，被评为党校优秀学员。贠钧在雷锋班服役时坚持每月捐款资助困难儿童，返回校园还加入爱心团体"微锋"，至今捐款超过3000元。2019年3月，贠钧与老师重回雷锋连，促成学院与雷锋连共建共育，建立"爱国主义教育基地"，为学院引入"微锋"助学金，资助品学兼优热心志愿的经管学子，真正做到播撒雷锋精神种子，并相继被评为学院和学校优秀共产党员。

二、多一滴汗水——学习实践知行合一

学习方面，贠钧牢记部队"万难莫挡，攻坚啃硬"的精神，珍惜时间刻苦学习，连续两年获得校级二等奖学金，多次参与学校征文、演讲比赛，屡获佳绩。他组队参加学科竞赛并担任队长，荣获第七届中国大学生公共关系策划创业大赛全国二等奖。实践方面，他前往山西临猗县农村地区调研苹果滞销，为果农排忧解难；赴冬奥组委会进行交流学习，助力冰雪奥运；2018年暑期社会实践"重走丝路"南线项目，前往上海、泉州、厦门等地进行调研并撰写报告，实践团队获评北京市三等奖和校级优秀团队，由于表现突出，他本人也被评为暑期实践先进个人。2019年寒假，贠钧回母校中学参加宣讲活动，他结合校园生活和部队经历，为百余名学子进行宣讲，被评为宣讲活动优秀个人。

三、扎一根钉子——学生工作严谨实干

贠钧在学生工作方面身兼多职且成绩斐然，不仅追求个人进步，还注重带动身边同学。他担任学校国防教育协会副会长，注重弘扬校园军旅文化，创新策划"军旅邮我"优秀退伍大学生系列报道，阅读量累计近20000人次，并被《北京邮电大学校报》专栏收录；多次组织征兵宣讲、役前训练、迎接老兵等活动，被评为优秀部长；担任宿舍长，建立"和勤竞诚"的宿舍文化，宿舍成员全面发展，其宿舍被评为校级"十佳示范宿舍"；担任体育委员，带头参与文体活动，班级凝聚力强，被评为校级文体积极分子。2019年10月，贠钧作为班级代表之一参加现场答辩，为班集体和学校捧回北京市"十佳示范班集体"荣誉称号，并被评为校级优秀学生干部。

四、寻一缕阳光——志愿服务甘于奉献

他将志愿服务作为一项事业，他曾参与中国互联网大会、北京马拉松等大型赛会志愿服务，也曾参加天坛街道扫除、老少联活动等小型社区服务。2019年暑期，他参加西部阳光计划，前往贵州定点小学进行支教，担任英语课、兴趣课教师，环境的艰苦无法冷却他为孩子们上课的热情。

支教归来次日，他又马上投入国庆70周年志愿服务。一方面，他担任学校"一国两制"国庆游行方阵助理教练；另一方面，他还是国庆70周年庆典活动现场志愿者，担任观礼台B8区域的执行班长，多次参与通宵培训、踏勘、彩排、预演，最终"一墙之隔听国庆"，圆满完成箭亭至协和门一线的路线引导、人员疏散等服务，由于工作突出，他

荣获国庆70周年群众游行方阵志愿者标兵和国庆70周年志愿服务团优秀标兵称号。贠钧作为北京市二星志愿者，志愿服务时长累计达462.5小时，并被评为2019年度校"十佳志愿者"。

　　从军旅到校园，两年的军营生涯，四年的校园生活，不变的是贠钧的初心，不变的是与之同行的雷锋精神。务实，奉献，日复一日地学习与实践，努力付出造就了越发优秀的贠钧。军旅到校园，是一段难忘的经历，而在贠钧接下来的人生旅程中，他也必将不忘初心，变成更好的自己。

陈亮

——国奖学霸的军旅青春

陈亮,经济管理学院2019级硕士研究生,2015年9月响应国家号召应征入伍,服役于武警辽宁某部,2017年9月光荣退伍。

一、爱岗敬业,崇尚荣誉

古语讲"男儿何不带吴钩",为国家尽义务是一生的荣誉。在陈亮的家乡,爱军拥军氛围浓烈,陈亮自小对穿军装的人油然而生一种崇高敬意,可以说,他是怀揣着对部队的憧憬和向往才选择参军入伍的。当时恰逢退伍归来的张润斌学长在学院做征兵宣传,既是同专业又是老乡,自然觉得十分亲切,了解了一些情况后,他就立马把参军提上了日程。经过两次体检,他终于如愿以偿登上了去葫芦岛市的军列。服役期间,他在基层担任过副班长、连队文书。2016年9月进入团政治处宣传股担任团新闻报道员,参与编写的政工新闻,武警总部转发达20篇,师一级累计转发100余篇,获得了领导的充分肯定。同时,他曾于新训快报发表散文一篇。2015年冬代表新兵营获得应知应会竞赛团体第二名,2016年参与制作的驻训野战板报在师评比赛中获得第一名,连续获得2016年度和2017年度"优秀士兵"称号。

二、勇于创新，注重积累

陈亮从大一到大三院内综合排名分别为第三、第一、第一，还曾获国家励志奖学金、一等奖学金、国家奖学金，曾获校级"三好学生"称号，保研成绩为专业第一，成绩十分优异。在校期间，陈亮全勤参加党支部活动，紧跟党的号召，自行参观"砥砺奋进"成就展，阅读《习近平用典》等专著，不断加强自我学习。他先后担任小班组织委员、学院学生会副主席、小班班长等职务，得到老师和同学的认可。陈亮和其他班委一起带领集体获得很多校、市级荣誉。陈亮积极参加学科竞赛，参与的项目曾获首都高校思想政治教育课社会实践论文评选二等奖、全国大学生公共关系策划大赛二等奖、校"高通杯"北京邮电大学第十五届学生创新奖三等奖，2018年3月在省级刊物《时代报告》发表论文《网约车监管：如何冲破行政审批的藩篱？》。此外，陈亮积极参加"互联网+"创业大赛、企业模拟大赛等竞赛，并通过不断总结经验，提升自己的学科素养，以实际行动响应"万众创新"的时代号召。

2014年，经过层层选拔和培训，陈亮参加了为期21天的暑期支教活动，并担任副队长。他所在的支教团队作为优秀支教团队代表参加成果报告会，陈亮本人也成了"四维支教"校外负责人。

2015年3月到7月，陈亮组织并参加了为期一个学期的社区助老志愿活动，此外，他还参加过"天使之家"志愿活动、科技馆志愿活动。在业余时间里，陈亮一直回报社会，帮助他人，为促进社会整体进步而不懈努力。

进入大学以来，陈亮一直严格要求自己，努力寻找自己的价值定位，勤奋自律、追求上进。在德育、学习、创新能力、社会实践、志愿服务、学生工作、文娱活动等方面均取得了优秀的成绩，但陈亮表示，他不会满足于已有的荣誉，将会继续秉承北邮精神努力！

中篇·团结实干的经管集体

经心铸人·集体篇——共生共长，赓续绵延

第四章
集体荣誉

经管学工弓满张，
不惧风霜显锐芒。
破浪前行展宏图，
青春辉煌赋新章。

突出四新，提升三力，打造一品
——全国党建工作样板支部

经济管理学院高度重视基层党组织建设，充分激发学生党支部的组织力、凝聚力、战斗力。2019年，北京邮电大学经济管理学院本科2017级、2018级联合党支部获批第二批"全国党建工作样板支部"建设单位并成功通过验收，切实做到以习近平新时代中国特色社会主义思想为指导，以提升组织力为重点，着力发挥政治引领，规范党的组织生活，团结凝聚广大学生，真正发挥先锋模范作用。

一、创新工作方式，突出支部建设四个"新"

（一）制度建设提到新高度，做"两个维护"的忠诚践行者

支部充分发挥制度规范作用，探索制定《经济管理学院本科2017、2018级联合党支部党员发展工作细则》，出台《经济管理学院本科2017、2018级联合党支部党员发展组织测评表》，打通党团班隔断，串联全员化评价，党员发展质量显著提高。认真落实发展党员工作计划，重视少数民族优秀学生发展党员工作，认真落实培养、预审、公示、谈话、审批、接收等发展程序与要求，严把时间节点，严把发展质量，严把民主集中，严把意见建议。

（二）思想引领注重新实效，做创新理论的坚定信仰者

一是落实"三会一课"制度，探索多样化路径，党员从"课桌后"走向"讲台前"，变"单向灌输"为"双向互动"，举办"双学"讲堂21期，使党员在各项工作中真参与、真体验、真思考、真收获。

二是落实红色主题学习实践，红色调研覆盖千余人次，跨5省9大革命圣地共计7000公里，成立"初心故事"宣讲团，《工作纪实》被教育部"中国大学生在线"全文发布。

三是落实以研带学促践，成功申报党建课题、大创项目3项，认真研究"劳动教育"，为五育并举的大思政格局贡献支部智慧。

（三）党建融合开拓新思路，做校地共建的积极实践者

一是校地帮扶。支部与怀柔区北宅村党支部开展支部共建活动，喜获北京市"红色1+1"二等奖，共建成果被人民网报道；支部成员利用暑期实践走进石家庄正定、西柏坡、延安、梁家河等红色育人基地开展"重走初心之路，勇担时代重任"社会实践调研，感受革命文化，记录红色故事，传播红色声音，社会实践团以优异成绩获北京市暑期社会实践先进团队称号。

二是校际交流。支部与中国人民大学经济学院国贸党支部开展"朋辈引领，对话成长"共建交流活动，促进支部成员专业知识与政治思想共提升；与中国劳动关系学院劳模班共建，邀请全国劳模宣讲团进校园，助力学校美育、劳育工作纵深发展。

三是军校融合。支部与北部战区陆军某工兵旅（雷锋生前所在部队）雷锋连党支部建立共建关系，代表学院顺利签订军校协同建设爱国主义教育基地协议，为传承好雷锋精神、讲述好雷锋故事做出支部贡献。

（四）特色创新迈上新台阶，做党建工作的锐意开拓者

支部充分发挥创新活力，设立线上"典粹微语"小讲堂版块，将感悟时代变革融入青年文化自信提升之中，将明确青年使命融入朋辈青言青语讲述之中。为庆祝改革开放40周年，录制传统文化微讲堂12部；为庆祝"五四运动"100周年、新中国成立70周年，录制时代精神微讲堂13部。支部将培育和践行社会主义核心价值观与学习宣传时代精神协同引向深入，不断提升青年爱国热情，不断增强青年文化自信，提升立德树人教育实效。

设立线上"'试'说新语"思政博文版块，师生共写、师生共学，旗帜导向鲜明，突出以文化人、以文育人功能，坚持以习近平新时代中国特色社会主义思想为指导，以习近平总书记青年教育思想为引领，围绕理想信念、人生规划、课业学习、日常生活、健康心态等方面教育内容主动发力，以展现于伟大时代的生动实践为育人素材，引导学生思考，求真理；以学生喜闻乐见的语言与表达方式行文成语，助力学生成长，悟道理；以发生于校园内师生身边的事情为引用案例，鼓励学生发声，明事理。

二、压实责任担当，提升支部建设三个"力"

（一）以组织建设辐射带动，提升支部战斗力

党建带团建促班建，支部辐射带动作用明显。支部坚持把纪律和规矩挺在前面，教育党员遵规守纪，支部党员无违规违纪情况出现，同时能够积极扮演好带头人作用，宣传引导身边群众、学生明确纪律红线，严守做人底线，在诚信考试等主题教育中带领学、带领做，担负起教育支部党员主体责任。收获北京市先锋杯优秀团支部、优秀学生基层组织

等校级以上荣誉10余项。

（二）以榜样示范典型带动，凝聚支部向心力

引导支部成员扮演好"四类"角色：

一是朋辈"辅导员"角色。累计开展学业经验交流会共20余次。

二是信息"侦查员"角色。疫情防控期间及时了解学生舆论动态、心理状态，针对重点问题统一思想、探讨举措。

三是理论"宣传员"角色。制订党团班思政学习计划，支部成员走进班团组织宣讲30余人次。

四是榜样"示范员"角色。抗疫一线，范汗青同志在宁夏"火神山"诠释青年党员的责任与担当，其事迹被人民网、中青网等平台报道。

（三）以媒体矩阵宣传带动，扩大支部影响力

建立"走在前列"网宣学习平台，加强线上思政教育宣传，共发布推送60余篇；打造"典粹微语""'试'说新语"网络思政版块建设26个；开辟"党史学习"线上专栏，学习平台内设思想之声、基层风采、理论宝库三大模块，利用网络平台针对重要讲话原文、重要评论文章、重要时政新闻、支部生活报道、模范先锋事迹、青言青语评论、理论学习素材等内容开展线上宣传，为支部成员了解家国动态、支部动态、理论动态提供有力帮助，收获一致好评。

三、夯实长效机制，打造支部品牌工程

（一）"脱贫攻坚、乡村振兴"主题教育

支部开展"聚焦长顺，邮我电商"主题实践活动，帮助当地进行营销分析、包装设计、渠道铺设等一系列电子商务落地工作，持续助力

长顺经济发展。支部代表走进长顺，深入家访，开展"田间地头的思政课"，实现从"扶贫"到"扶志"的关键一招。

（二）"抗'疫'邮我，家国无恙"主题教育

疫情防控期间，支部与武汉大学经济管理学院开展"共抗疫情、爱国力行"共建活动，手绘作品及创作故事被《长江日报》报道和高校思想政治工作网转发。邀请武汉大学中南医院医生张笑春教授与北邮学子共话时代担当，获得广泛关注。

（三）"建党一百年 百天倒计时"主题教育

为迎接建党百年，支部围绕"听、讲、读、写、学、比、帮"七个专栏，实施"四大工程""五项行动"，全面带动青年学子学史明理、学史增信、学史崇德、学史力行。

新思想引领新征程，新号角奏响新旋律，喜迎建党100周年（2021年），支部成员将进一步立大志、明大德、成大才、担大任，永远跟党走，建功新时代，让青春在不懈奋斗中绽放绚丽之花！

情聚经管，建家爱家

——北京市教育工会先进教职工小家

近年来，北京邮电大学经济管理学院工会在学校总工会和学院党委的关心指导下，不断加强学院工会自身建设，全面履行工会职能，确立"一个中心、两个面向、三个围绕、四个建设"的工作思路，即以学院建设发展为中心，面向基层、面向教职工，围绕教学、围绕科研、围绕教师，建设"民主之家""学习之家""风采之家""和谐之家"，全面履行工会组织"维护、参与、教育、建设"四项职能，秉持"情聚经管、建家爱家"的理念，启动四大工程，坚持制度建家、文化聚家、活动兴家、暖心爱家，努力构建先进教职工之家。

一、坚持制度建家工程，打造"民主之家"

（一）实施工会责任制

工会组织机构健全、干部选优配强，分工明确、责任清晰，会员151人，下设9个工会小组，8个兴趣小组，教职工入会率、办卡率、非事编入会率，三率达。

（二）贯彻二级教代会制

积极推进教职工参与建设、相互监督，涉及教职工权益的重大事项全面听取教职工意见，充分发挥参与、监督、建议的重要作用。

（三）执行财务公开制

各项工会支出、奖励等经党政联席会议定，在全院教职工大会上报告重点工作，进行财务公开，全力打造阳光工会。

（四）坚持实体建家制

经管楼105挂牌教职工之家，内设职工书屋、休息区、宣传栏等；经管楼三层大厅设置了台球活动区、乒乓球活动区，健身器材设备配备到位。以制度建设体现管理成效，以实体建家普惠职工大众。

二、坚持文化聚家工程，打造"学习之家"

（一）落实条件保障

学习有场所，学习有书籍：工会在经管楼105职工之家专门场地设置了职工书屋，累计购置书籍百余册，为教师提供精神食粮。

（二）拓展学习形式

积极组织教师进行教学观摩、科研交流。重视覆盖面，举办青年学者学术论坛26期，名家讲坛18期；重视含金量，举办院士名家高端讲座；重视反哺性，教师面向学生组织博士semina16期、本科生世纪讲坛145讲；搭建师生交流平台，全面促进教学相长。

（三）丰富学习内容

引导职工学业务的同时也要学生活。妇女节组织礼仪分享培训，儿童节开展育儿交流，迎新年举办摄影大赛，世界读书日"做书香经管人"，学习之家的建设已成氛围。

三、坚持活动兴家工程，打造"风采之家"

（一）全总活动见实效

承办中华全国总工会和教育部开展的"尊法守法·携手筑梦"法治宣传行动，连续两年在学校后勤员工中开展普法活动，后勤职工参与受益人数过百人。

（二）市总活动广受益

承办北京市总工会"优秀职工心理服务项目"与心之约活动，依托北京市总工会的品牌项目，为学院工会的基层工作资源引流，带领教师们在自我体验的过程中提升职业幸福感。

（三）学校活动展风采

学校的各类比赛中也都有经管人的活跃身影，每次活动统一着装，那一抹靓丽的经管蓝充分体现精神风貌；羽毛球四连冠，乒乓球连年捧杯，建党百年歌咏比赛以百分成绩勇夺第一。

（四）特色活动聚人心

学院工会也积极组织开展很多特色活动，如教职工团建系列（凤凰岭、雁栖湖、野鸭湖），集体出行，加深感情；师生系列（师生羽毛球、乒乓球、健步走），师生互动，其乐融融；兴趣小组（羽协、乒协）定期训练，校赛连年捧杯；摄影协会连续九年举办摄影比赛，全院教职工热情参与，提交作品近千幅，遴选佳品制作经管文化墙，呈现生活之美，表达爱院之情……疫情防控期间，更是举办了"经"京有味过大年，率先号召教职工响应国家政策在京过年，学院工会也实现了"月月有活动，年年有亮点"。

四、坚持暖心爱家工程，打造"和谐之家"

（一）困难帮扶，暖聚人心

送温暖、办实事，婚丧嫁娶合理使用福利经费，把组织的关心送到身边；建立困难职工档案，校院领导亲自关怀及时解困；关心青年教师，沙河住房问题及时反馈，校园停车多方听取意见，子女上学关心到人，体检全程跟进，让教师们能安居乐业。

（二）先进带动，提振热情

每年年底根据会员活动参与度和工作贡献值评优评先、表彰鼓励，工会积极分子超半数，活跃度和贡献度显著提升，这是对先进集体的肯定，也是正向激励的一种有效示范。

（三）全院奋进，携手同行

师德建设学院重视、全员参与、师生受益。开展师德师风征文活动，书记亲自拟发通知，院长第一个带头投稿；组织开展"良师伴我行"最受学生欢迎的教师评选、优秀研究生育人导师评选，展示名师风采；启动"名师下午茶"访谈，引领学生成长。组织师德故事编写，整理编撰出6位老教授的感人事迹，激励年轻教师和青年学子。

经济管理学院工会22年的建家之路是经管人念念不忘的爱院情怀，近年来先后获评北京邮电大学优秀教职工之家、量化考核第一名、北京市总工会暖心驿站、北京市教育工会先进教职工小家等荣誉。未来，学院工会将持续把工会工作精于点滴、融于日常，围绕中心、服务大局，依托教职工小家聚人、聚心、聚情，经管一家亲！

敬业协作，创优奉献

——北京市青年文明号

经济管理学院学生工作办公室始终把服务学生成长成才作为第一要务，大力弘扬"敬业、协作、创优、奉献"的青年文明号精神，锻造了一支"学习型、创新型、奉献型、担当型"的青年辅导员团队。

一、强化管理意识，工作推进添深度

为加强顶层设计，办公室积极制订"青年文明号"工作方案，明确创建目标、明晰责任分工、明朗工作思路，紧抓工作主体，打造品牌化、样板化的工作建设体系。通过创建"青年文明号"资料档案，及时记录活动开展情况，全面总结工作开展经验，为青年文明号建设提供坚实基础和全面保障。

二、强化先锋意识，工作联动拓广度

以人为本、提素强基，强化先锋意识，建设"学习型"青年文明号。2021年，办公室成员获得市级及以上荣誉7项、获得校级荣誉18项，主持参与省部级课题项目2项、校级课题项目4项。一份份荣誉承载着责任、印证着实力，也凝结着育人的心血与汗水。此外，团队成员

不断加强政治理论学习和业务能力提升，定期召开学生工作例会12次、专题交流会4次，形成团队内部交流研讨的良好机制。

三、强化责任意识，重点引导增力度

团结奋进、创新理念，强化责任意识，建设"创新型"文明号。办公室高度重视团队成员的成长和发展，人人有舞台，个个有收获。以辅导员素质能力大赛、样板团支部、主题团日活动等评选活动为契机，提升岗位技能。以学生工作例会为抓手，加强业务培训，并通过撰写学术论文，在实际工作中发现问题，在理论深化中分析问题，在理论联系实践中解决问题。

四、强化服务意识，工作推进提升力度

爱岗敬业，服务师生，强化服务意识，建设"奉献型"青年文明号。办公室以"围绕学生、关照学生、服务学生"为工作理念，通过加强党、团、班一体化建设，丰富文、体、学多样化活动，促进学生德、智、体、美、劳全面发展。学院高度重视长顺籍本科生培养，针对7名长顺籍学生，先后落实近10项资助项目，有效缓解学生经济压力与生活困难，资助育人成效不断凸显。

五、强化政治意识，工作成果提精度

精心策划开展主题系列教育活动40余场。活动通过"学起来、唱起来、动起来、看起来、讲起来、写起来、做起来、评起来"8条途径，围绕明规守纪、学业辅导、朋辈帮扶、爱国教育、社会实践、榜样

示范等 10 项内容，系统筹划、整体推进。营造爱国爱党、爱校荣校的浓厚氛围。疫情第一时间向雷神山医院组织捐款捐物，获赠雷神山医院感谢牌匾；建党百年风华路，组织我院 63 名师生参与建党 100 周年庆祝大会合唱献词团、文艺演出以及天安门广场志愿服务。组织 53 名志愿者投身 2022 年北京冬奥会公共区志愿服务，为国家体育赛事贡献青春力量，与双奥之城一起走向未来。

春风化雨新时代，生生不息踏征程。未来，经济管理学院学生工作将继续围绕"三全育人"、依托"五育并举"助力学生全面成长成才，为学校"双一流"建设、为实现中华民族伟大复兴的中国梦贡献力量。

深入乡村，同心结对
——北京高校红色"1+1"示范活动二等奖

518人次参与实践服务，近900公里行程、30余场活动，3235小时累计投入时长、8000余字村干部访谈记录、20000余字调研笔记……这是一组北京邮电大学经济管理学院沙河校区党支部一年来与乡村基层党支部开展党建工作的数据。

自2018年11月起，沙河校区党支部与北京市怀柔区桥梓镇北宅村党支部对接，以"深入乡村解民艰，同心结对谋发展"为主题，围绕"党建·经济·文化·生态"四方面开展"红色1+1"系列共建活动，致力于引导青年党员以实际行动服务乡村振兴战略。

沙河校区党支部以党建工作为引领，在北宅村组织开展"不忘初心、牢记使命"系列主题活动，与当地党支部共同举办专题学习活动，共赴烈士陵园参加清明节祭扫、前往敬老院聆听老党员和退伍军人的抗战故事等。

针对北宅村农产品销售渠道单一问题，党支部成员挨家挨户走访贫困户、深入田间地头，就农产品种植及产业增效开展调研，一对一指导开办网络店铺。针对民宿客流量下降现状，支部成员通过服务培训、广告设计、环境装点等方式，使多家商户第三季度收入明显上升。同时，以北宅村村史文化、山水风景为题材，开发旅游打卡纪念册、明信片、纪念章等文创产品，并拍摄多个宣传视频，利用新媒体平台不断扩大宣传推广力度。

在文化交流方面，沙河校区党支部为北宅村的孩子们送去儿童节礼物，为文化站送去暑期儿童活动方案，为150多名中小学生开展志愿支教服务活动，邀请北宅青年参与多个文创节目录制活动。针对中老年群体，学生党员们为老人讲解手机基础知识，就医疗保险等操作进行演示教学，同时积极融入村内文化生活，与村民一起体验太极之美，传承中华优秀传统文化。

此外，沙河校区党支部积极在北宅村宣讲垃圾分类新知识，并成立垃圾分类工作小组，开设小课堂普及垃圾分类知识，组织志愿者指导村民分类处理垃圾，规范科学设置当地垃圾投放类型及点位。在村域土地规划方面，沙河校区党支部也努力贡献智慧力量，实地勘察北宅村闲置土地，依据地形地势、植被土壤、交通方位等因素提供运动休闲、生态养老等主题的规划方案，并形成一万余字的成果报告。

"这群孩子可帮了大忙，他们就是我们村子的贴心小助手！"如今，提起北京邮电大学师生，北宅村的人们都是赞不绝口。

共建助振兴，平谷邮乡情

——北京高校红色"1+1"示范活动优秀奖

一、厚植兴农理念，强化共建精神

为贯彻落实党的二十大精神，围绕党支部建设"七个有力"总要求，北京邮电大学经济管理学院本科2020级党支部选派优秀党员和积极分子组建"平谷邮乡"暑期社会实践团，积极参与"走进平谷农业中关村 服务首都乡村振兴"千人百村暑期实习实践活动，在此基础上，进一步与平谷镇东鹿角村开展支部共建活动，为东鹿角村的现代化建设、农业发展注入新活力，用科技为乡村振兴赋能。

二、扎根调研实践，赋能乡村建设

党支部开展"扎根基层，社会实践树牢调研之风"系列活动，"平谷邮乡"社会实践小队深入基层。小队成员走巷入户，建设乡风，围绕政策落实情况、农村污水治理、生活垃圾分类等开展调研，组织乡村文化活动，引导文明乡风建设；巧用方法，构想提案，以打造科技小院为重点，综合多种方法，提出建设科技小院辐射农业五村以及助力乡村振兴的具体措施建议；创办品牌，提升影响，为东鹿角村科技小院设计吉祥物、小院徽章和品牌IP，积极参与研讨会议，为提升小院影响力建言献策；操行农事，践行志愿，积极帮助贫困户、低收入户进行农作物采收售卖，举办科技志愿服务、组织收看专题节目，实现助农扶农。

三、活用专业知识，创新发展模式

党支部开展"授之以渔，知识课堂展现青年风姿"系列活动，支部书记李浩爽老师带领党员走进东寺渠村村委会为村民开展"授渔小课堂"。支部成员活用应急管理相关知识，提出网格化管理概念，提升乡村应急工作的效率与质量；活用信息管理与信息系统相关知识，提出"我在东鹿角有块田"的营销口号与网络直播方式，致力形成闪亮独特的东鹿角村名片。活用成本管理相关知识，提倡优化成本管理方法，引入本量利分析，设置差异化评价体系，控制成本，提高利润，激励创新，实现乡村长短期规划的协调一致。

四、推进交流合作，共商治理之策

党支部开展"村校携手，搭建科技助农合作平台"系列活动，与平谷镇人大主席、工会主席艾长祥、东鹿角村党总支书记胡光辉、北台头村党支部书记王艳金开展座谈会，交流平谷村发展新方向，展望未来村校合作模式；组织重阳节科技助老活动，帮助老人使用智能手机，增强服务意识；实地参观"科技小院"和"博士农场"，加深对于先进农业的认知，为后续合作共建长效机制奠定坚实基础。

五、深化共建成果，耕耘未来愿景

本次系列共建活动深入基层民意，入户问卷调查完成率超过50%；

落实建言献策，形成实践报告1篇，完成科技小院吉祥物、小院徽章和品牌IP设计；强化宣传推广，录制网格化治理、三产融合、科技小院建设视频3条；与东鹿角村共建事迹被首都文明网报道；平谷镇人民政府综合信息互动平台"幸福渔阳"专题报道4次；《北京日报》报道《千名大学生平谷乡村"找苦吃"》。

未来，经济管理学院本科2020级党支部将继续与平谷镇东鹿角村、北台头村、东寺渠村开展系列共建活动，通过实践育人进一步加强样板支部和"一支部一特色"培育建设，不断提高党支部的组织力、服务力、引领力与贡献力，以实际行动答好"强国建设 北邮何为"的时代答卷。

不逝电波，传承百年
——北京市优秀班集体

"同志们，永别了，我想念你们！"

73年前，李白烈士壮烈牺牲，年仅39岁。他用生命捍卫着"永不消逝的电波"，用红色电波开辟了夺取革命胜利的新战线。电波不绝，信念永存。今天的北京邮电大学公管班级，肩负"传邮万里、国脉所系"的光荣使命，传承李白烈士艰苦奋斗、以身报国的精神内涵，以实际行动不断拓展这段红色电波的内涵和外延。

一、红色电波穿越时空，邮子传承红色血脉

搭建"四位一体"学习体系，将班级底色"越描越红"。以"规"领学。设立8个青年学习小组，建立学习规则和考评激励机制，班级党员团员比例名列前茅，入党申请书提交率达100%，青年大学习完成率达到105%。以"活"促学。聚焦党的二十大精神学习专题，联合清华大学博士生宣讲团和6所在京"211"高校经管学子开展联学、共学活动。用习近平新时代中国特色社会主义思想铸魂育人，开展院长讲坛，邀请校领导参加学习座谈会。以"用"导学。深入"一站式"社区，利用社区内思想政治教育资源参与学习、交流、实践活动。组织开展

50余次红色观影、参观和调研活动，前往新疆农发行等地开展实践学习活动，在实践中成长。以"宣"展学。创新探索媒体平台，以"鸿雁红学""鸿雁红行""鸿雁红声"三大版块为载体，围绕班级文化、团日活动、社会实践等多维立体宣传成效，扩大班级模范影响，总浏览量超班级人数200余倍。班级成员《写给未来的我》红色摄录作品被北京广播电视台转载报道。

二、红色电波薪火相传，激荡邮子奋斗力量

在一次次手拉手、心连心、背靠背的团结奋进中，朝气蓬勃、永久奋斗的主基调进一步夯实。

构建携手共进的奋斗氛围。多次开展"榜样在身边"国家奖学金获奖学生分享会、"学伴+"计划、学霸笔记征集、翻转课堂等学习活动。开展运动打卡，完成五四青春长跑节"班级跑540公里"目标。开展"枝叶关情"少数民族同学帮扶活动，班级成员与来自维吾尔族、藏族和彝族等少数民族同学结成一对一帮扶对子，促进互助成长。

践行知行合一的奋斗理念。深入20余个省、自治区、直辖市调研实践，累计294天，形成调研报告20万余字，为脱贫攻坚、乡村振兴、新时代爱国卫生运动贡献青年力量。班级成员参与的百年湘江社会实践团获评北京市社会实践优秀团队，被国家级重点新闻网站"华声在线"报道。

收获实实在在的奋斗成果。班级获评国家级奖学金人数居年级第一，8名成员加入国家社科基金课题组，并发表论文3篇。在"互联网+"等学科竞赛和中国大学生国旗护卫队展示赛、北京大学生音乐节等文体竞赛中共获11个国家级、8个省部级奖项和30余个校级奖项，成果丰硕

显著。

三、红色电波永不消逝，邮子续写报国情怀

爱党爱国是班级最深层、最强大的凝聚力量，是一切行动的出发点和落脚点。

上好疫情防控思政大课。从思想着手，通过大学习、大讨论压实"坚持动态清零"和"健康第一责任人"的思想共识；从机制设计。设立"防疫委员+宿舍长"通联体系，成功实现系统打卡率、核酸完成率、信息传达率、政策理解率4个100%；从行动出发，班级全员参与校园、社区疫情防控志愿工作，多名成员被授予"优秀志愿者"称号，市领导调研北邮疫情防控工作时对志愿者充分肯定并亲切慰问，同学们深受鼓舞、倍感振奋。

服务首都发展同心聚力。班级成员积极投身首都"四个中心"建设，半数以上同学服务保障建党百年专项活动、冬奥会、冬残奥会志愿服务、服贸会、"930"等重要活动，全员累计志愿时长5000余小时，志愿时长人均近250小时。参与首都"双百行动计划"和首都基层治理，班级成员在北京街道、社区和村委会实习实践，聚焦首都命题，深入开展实践调研。积极参与和服务"数字经济国际会议"，为建设北京成为全球数字经济标杆城市充电储能。

电波永不消逝，跳动青春脉搏，公管班将继续传承和发扬这段"红色电波"中蕴含着的红色特质、奋斗力量和报国情怀，争做有理想、敢担当、能吃苦、肯奋斗的新时代青年，让北邮经管之花绽放在每一寸祖国需要的大地上！

公道大明，管鉴天下
——北京市先进班集体

2020212107班以"公道大明，管鉴天下，期以当途，班行四方"为班训建设班级，曾获得过北京邮电大学"优秀班级""优秀团支部""北京邮电大学优秀主题团日活动"等荣誉。

一、奋笔疾书鸿卷起，辛劳漫砚锦图扬

在"勤学慎思、明辨笃行"的班风影响下，班内加权平均分85分以上者有9人，四级通过率为90%以上，最高为635分。同时，14人曾获得过奖学金和荣誉称号，占班级人数的70%。张尔赫、李龙真两名同学分别获得了国家奖学金和国家励志奖学金，展现其优秀的学习风貌。此外，班级成员积极参加中国日报社"21世纪杯"、电子商务三创赛、"互联网+"等竞赛，累计获得了9个国家级奖项、1个市级奖项和10个校级奖项，成果丰硕显著。

二、爱国诚心显赤忱，敬业明志争先锋

班级坚持"思想先进向党靠，投身实践学党章"的作风，入党申请书提交率达95%，青年大学习完成率超过100%。成员多次参观党史

博物馆,在实践中学习成长。此外,班级成员积极参与红色快闪、观影、朗诵、支部共建等实践活动,不断增强班级活力与创造力。

三、班级凝聚求进步,团体融合谋发展

班级成员积极参与合唱朗诵、相声辩论、民族文化节等文艺活动,张尔赫同学在北京市大学生音乐节获得了器乐组金奖。体育方面,积极参加运动会、篮球赛、排球赛等多项赛事,取得了优异的成绩。此外,杨钧凯、孙成琳两名同学在中国大学生国旗护卫队展示赛中取得全国第六名的好成绩;孙成琳同学在"全国高校十佳升旗手评选活动"中获得女生组第二名的成绩,一展青年的飒爽英姿。暑假期间,同学们奔赴祖国各地,开展社会实践与企业实习。班级成员参与的社会实践团队"百年湘江"获评"青年服务国家"首都大学生社会实践优秀团队,尽显青年风采。同学们积极开展交流会、分享会和特色活动。上一年度,班级中有3个寝室获"优秀学生宿舍"称号,体现班级成员的凝聚力。积极参加心理素拓、心理健康大赛等活动,为同学们的心理健康保驾护航。

四、奉公克己同协力,服务社会共齐心

班级全体成员都曾是疫情防控志愿者,携手共抗疫。班级内有3名北京冬奥会志愿者,他们中有志愿者骨干、服务之星。为期2个月,他们用热情点亮"双奥"圣火,用青春见证"燃烧的雪花"与"纯洁的冬梦"。班级全员曾参与助童志愿活动,齐协力,助成长,为期4个月,累计时长600余小时、捐款近千元。目前,全员累计志愿时长3826小时,人均191小时,勇担无私奉献的青春使命。

五、青春向党百年路，邮子学习二十大

2022年10月16日上午，中国共产党第二十次全国代表大会在北京人民大会堂隆重开幕。为全面贯彻落实党的二十大精神，班级成员与校党委学生工作部副部长赵丹老师举办了"青春向党百年路，邮子学习二十大"主题座谈会，同学们积极发表感想，提升思想水平。同时，孙成琳同学参与录制北京广播电视台《写给未来的我》节目的拍摄行动，讲述青春故事，以实际行动迎接党的二十大的胜利召开。

清澈的爱，只为中国，青年的心，永远炽热，未来属于青年，希望寄予青年，同学们将永远怀着这份清澈的爱、这颗炽热的心，在新征程中展现新作为，为复兴征程担时代使命，书奋斗华章。

矢力奋进，厚德笃行
——北京市"先锋杯"优秀基层团支部

经济管理学院 2020212107 团支部深入学习贯彻习近平新时代中国特色社会主义思想，全面贯彻党的二十大精神，坚决落实"三会两制一课"制度要求，深刻认识"两个确立"的决定性意义，牢固树立"四个意识"、坚定"四个自信"、做到"两个维护"。全体青年团员不驰于空想，不骛于虚声，坚持将理论与实际相结合，做到"德、智、体、美、劳"全面开花，凝心聚力共同建设更具组织力、凝聚力、服务力、战斗力的基层活力型团支部。

一、团支部职能分析

教育团员。团支部加强团员教育管理，从政治教育、理想信念教育、爱国主义教育、道德品行教育、法治教育、团员意识教育、素质技能教育等方面下功夫。引导团员在实践中学习中国特色社会主义和共产主义，增强"四个意识"、坚定"四个自信"、做到"两个维护"，认真履行义务，正确行使权利，珍惜团员身份，提高自身素质，切实发挥模范带头作用，体现先进性。

管理团员。团支部根据团章要求，结合不同时期团的任务，对团员提出严格的要求、分配一定的工作，并经常进行检查督促。及时接转团员组织关系，严肃慎重地做好团员离团、脱团、退团工作。严格执行团员的奖励和处分制度。认真做好团员登记、统计工作，关心团员的工作、学习和生活。

监督团员。团支部严明团的纪律特别是政治纪律、组织纪律，监督团员政治理论学习情况，遵守宪法法律法规、团章团纪、道德规范情况，参加组织生活情况，履行团员义务、发挥先锋模范作用情况等。发现团员有思想、工作、学习、生活、作风和纪律方面苗头性、倾向性问题的，及时进行提醒谈话，有针对性地帮助引导。

二、团支部"青年"系列活动

"五四与青年"系列活动一：开展纪念"五四运动"主题团课，通过带领支部成员重温历史岁月，加强思想引领，争做时代新青年。

"五四与青年"系列活动二：开展"五四支部跑"活动，支部成员在20天时间内共同跑满540公里，并通过跑步软件进行打卡，既增强体魄和意志，又更好地传承红色基因和革命薪火。

"五四与青年"系列活动三：集体观看电影《我的1919》，支部成员在观影后结合自身体会和电影内容发表感想，并在支部内进行心得交流。

"七一与青年"系列活动一：开展"七一"党史学习教育，通过回望党史，铭记历史初心，践行使命担当。

"七一与青年"系列活动二：拍摄"迎建党，庆华诞"主题快闪，通过演唱歌曲、集体朗诵等方式留存活动记忆。

"七一与青年"系列活动三：以实践教育为引导，开展红色实践、红色调研、红色参观等红色系列体验式学习，深化党史学习，提高思想意识。

"'一二·九'与青年"系列活动一：开展"一二·九"党史学习教育，通过重温学习，铭记历史初心，践行使命担当。

"'一二·九'与青年"系列活动二：开展"一二·九"悦读会，支部成员分角色、分片段朗读书籍《一二·九运动》，全身心地去体会那段觉醒岁月。

"'一二·九'与青年"系列活动三：开展"不忘志愿初心，矢志奉献社会"志愿服务活动，用行动表达爱国热忱，彰显青年担当。

三、团支部"四进四信"活动

（一）习近平总书记"七一"重要讲话精神进支部

团支部积极开展"学习习近平总书记'七一'重要讲话精神""请党放心，强国有我"主题团日活动，并积极开展建党百年专项成员宣讲活动。支部团员青年通过观看视频、主题演讲、线下宣讲、交流座谈等多种形式，领悟习近平总书记重要讲话精神，回顾建党百年风雨之路，深深厚植爱国情怀。同时，支部内认真开展每周一次的建党百年专题青年大学习活动，全部成员参与其中，并积极参与竞答活动，深入对党史知识的理解与学习。最后，支部团员青年结合自身成长成才经历和学习感悟，通过榜样分享、心得交流、感想撰写等多种形式，促进学习入脑入心。

（二）习近平总书记"七一"重要讲话精神进团课

依托支部成员讲团课，在团支部组织开展了学习习近平总书记"七一"重要讲话精神团课，围绕"生逢盛世 肩负重任""薪火相传 不负韶华""未来属于青年,希望寄予青年""奋斗百年路 启航新征程"等主题,与身边同学共话使命担当。组织党史宣讲团深入基层团支部,开展学习贯彻习近平总书记"七一"重要讲话精神专题宣讲,努力用简单明了的语言把理论问题讲深、讲透、讲具体,不断引领教育团学青年。此次团课学习在支部上下掀起一股弘扬习近平总书记重要讲话精神的热潮,激励同学们做讲话精神的忠实研究者、积极传播者和坚定践行者。

(三) 四进四信主题团日活动

团支部秉持着深入学习四进四信精神,激发同学们爱党爱国意识的宗旨,曾举办主题为"四进四信"的团日活动。通过主题团日活动让同学们更加了解"四进四信",激发同学们的爱国热情,丰富校园文化生活,引领社会道德风尚和价值取向。"四进"即进支部、进社团、进网络、进团课,"四信"即牢固树立对党的科学理论的信仰、坚定走中国特色社会主义道路实现中国梦的信念、增强对党和政府的信任、增进对以习近平同志为核心的党中央的信赖。本次活动主要有两大活动环节。一是"追忆历史革命薪火",由团支部书记带领全体支部成员参观党史学习教育基地网上展馆,使支部成员重温革命先烈艰苦奋斗的革命历史,感受革命先烈抛头颅、洒热血、不怕牺牲、追求解放的革命精神,增强其对中国共产党的信任,树立坚定的中国特色社会主义信念;二是"畅所欲言",支部成员就自己对"四进四信"的理解和参观党史学习教育基地网上展馆的感受踊跃发言,进一步牢固树立对党的科学理论的信仰、坚定走中国特色社会主义道路实现中国梦的信念,使支部成员为自己设立了更高的理想,更好地完善自己。

探寻文物，追溯百年
——首都大学生社会实践优秀团队

在建党 100 周年之际，为进一步深入了解中国共产党的百年历程，学习革命先辈精神，以"探寻党史文物，追历百年足迹"为主题，积极响应习近平总书记提出的要求广大青年的"勤学、修德、明辨、笃实、爱国、励志、求真、力行"的"十六字箴言"，北京邮电大学经济管理学院 2020 级"百年湘江"暑期社会实践团以"增强学习紧迫感，如饥似渴、孜孜不倦学习，努力学习马克思主义立场观点方法，努力掌握科学文化知识和专业技能，努力提高人文素养，在学习中增长知识、锤炼品格，在工作中增长才干、练就本领，以真才实学服务人民，以创新创造贡献国家"[1] 为新时代青年目标，以红色文化大省湖南为中心，以"百年湘江"为线索，以物寻史，在假期中轰轰烈烈地展开了为期十天的大学生暑期社会实践活动。追寻百年足迹，赓续红色血脉。

一、星城璀璨，百年弥新

长沙，是湖湘红色文化的旗帜。团队选取橘子洲、岳麓书院和湖南

---

[1] 习近平. 在纪念五四运动 100 周年大会上的讲话 [EB/OL]. 中国政府网，2019-04-30.

省杂交水稻研究中心三地，从青年毛泽东搏浪击水的江心沙洲，到党实事求是思想的策源地，再到共和国的科学殿堂，在宏大的历史时间轴中感受党的理政智慧和祖国瑰丽壮美、气势磅礴的盛世美景。在橘子洲毛泽东青年雕像之下，怀揣着激动的心情，同学们齐诵《沁园春·长沙》，慷慨激昂，壮志凌云，致敬伟人，尽抒豪情；驻足于岳麓书院，团队成员认真感悟讲堂前悬挂的"实事求是"匾额的思想精髓，感受了书院作为移动思政教学点的文化血脉与历史传承；在湖南省杂交水稻研究中心，同学们采访了湖南省杂交水稻研究中心海南基地副站长张展教授、湖南省杂交水稻研究中心宋春芳教授。同学们结合北邮学科特色，以传承袁隆平精神为宗旨，以科技兴农为切入点展开采访。

二、领袖故里，红色圣地

韶山，是伟大革命精神的摇篮。2021年7月23日，团队全体成员赴韶山参观实践。同学们先于毛泽东广场敬献花篮，表达了对伟人的追思和缅怀，后参观了毛泽东故居和滴水洞，并集体前往观看《梦回韶山》情景剧，感受一场高科技视觉艺术的传奇史诗剧，深化对党史文物的学习体会。韶山市华声红色教育学院的教师以"学习伟人风范，牢记初心使命"为题，为同学们上了一堂精彩的微党课。情到深处，同学们都流出了感动的泪水。

三、滁水河畔，基因永续

沙洲村，是党和人民鱼水情深的港湾。2021年7月24日，团队全体成员前往湖南省汝城县文明瑶族乡沙洲村开展调研实践，进一步挖掘"半条被子"故事后的感人情怀。2016年10月21日，习近平总书记在纪念红军长征胜利 80 周年大会上的讲话中讲述了"半条被子"的故事。2020 年 9 月，习近平总书记专程来到沙洲村考察调研。习近平总书记说："'半条被子'的故事让人民群众认识了共产党，把党当成自己人。正因为有人民群众支持和拥护，我们党才能走过辉煌历程，取得伟大成就。"①追随领袖脚步，深化学习体会。同学们按照习近平总书记考察时的路线展开调研与采访，在沙洲会议厅中，同学们对沙洲村的两位村民代表展开了采访，解读沙洲村的红色基因密码。"什么是共产党？共产党就是自己有一条被子，也要剪下半条给老百姓的人。同人民风雨同舟、血脉相通、生死与共，是中国共产党和红军取得长征胜利的根本保证，也是我们战胜一切困难和风险的根本保证。"②这是习近平总书记在纪念长征胜利 80 周年大会上的重要讲话。饱含深情回望过去，长征精神永不过时，中国人民只有不忘昨天的苦难，无愧今天的使命担当，才能不负明天的伟大梦想！

实践结束后，"百年湘江"团队成员分工合作，各司其职，形成了丰富的实践成果。以文字为载体，团队撰写了"百年·湖湘记忆"系列新闻稿 4 篇、通讯 1 篇、实践总结 1 篇和每日各成员的实践日记汇编；借助于新媒体平台，团队以实践行程为线，制作微信公众号文章 4 篇、宣传片和由团队成员主演的短剧各 1 部、主题 Vlog（视频日志）4 个，并在 B 站创建了视频账号，用于成果展示。以上宣传手段均产生了良好的社会效应，紧密贴合建党百年，有助于湖湘红色文化的传承发展。

---

① 习近平在湖南考察时强调　在推动高质量发展上闯出新路子　谱写新时代中国特色社会主义湖南新篇章［N］.人民日报，2020-09-19（1）.
② 习近平.在纪念红军长征胜利 80 周年大会上的讲话［EB/OL］.新华网，2016-10-21.

以书会友，以文沁心
——首都大学生心理健康季团体共读大赛三等奖

芳菲四月天，百花尽争妍，经济管理学院的师生踏上了"心悦读"之旅，师生共同学习《心理学通识》这本书，通过日常自读和线下师生共读的方式，共同探索奇妙的内心世界，并通过Vlog的形式捕捉和记录学生们在活动中的积极参与和互动。

同学们逐渐敞开心扉：也曾犹疑，也曾自卑，或许我不算完美，但我温暖有光；或许我没做到最好，但我永远保持向上攀登的姿态。同学们与教师在共同阅读中分享感悟，以书会友，以文沁心，在交流中发现知音，在探讨中收获成长，一起体会书籍与心理知识的魅力，培养健全的心理素质。同学们在书籍中品尝文化盛宴，在学业之余感受氤氲书香，使更多的同学开始关注心理健康，积极调整自己的心理状态，宣传心理知识。同学们积极分享每日阅读感悟，在书中寻求内心的共鸣与激荡，享受一次探索心灵、提升自我的丰富旅途。

"心悦读"活动是一个对所有人踏上心灵旅途的邀约。"心悦读"活动中，师生感受到了爱与浪漫，并学会悦纳自我，学会勇敢前行，学会攀一座山，追一个梦，踏遍山海，不负前行。师生共读圆满结束，希望同学们可以有"宠辱不惊，看庭前花开花落"的雅致，可以有"何妨吟啸且徐行""一蓑烟雨任平生"的豁达与坦然。该活动也荣获了2023年首都大学生心理健康季"书香润心"心悦读活动团体共读大赛三等奖。

尾篇·传承创新的经管品牌

经心立人·品牌篇——芳华深灼，薪火相传

第五章
世纪讲坛

世事常言寻道难,

纪文言志灵犀间。

讲古论今攻术业,

坛前青松益经年。

廿二年的辉煌,方兴未艾,廿二年的征程,风雨无阻。廿二年,已是百讲踪迹百讲心,要见山外山之高,要听人外人声沸,世纪讲坛,一直在路上。

2002年11月，北京邮电大学经济管理学院创办了"世纪讲坛"——经管、人文、科技系列大型讲座。

北京邮电大学原校长林金桐亲自为世纪讲坛题名。世纪意为百年，这是林校长对讲坛的殷切期望，愿讲坛能长久地在建设队伍、培养人才的工作中发挥实效；同时也指讲坛的工作精神与工作理念将会代代相传。

经济管理学院原院长舒华英对世纪讲坛提出了"演讲、听讲、思辨、窗口"的指导思想，希望世纪讲坛真正做到"百花齐放，百家争鸣"。演讲是讲坛开展各项工作的基本职能；听讲是学生获取知识的手段，在讲座过程中能否最大程度地有所收获取决于学生的听讲能力；思辨是希望要与时俱进、开拓创新，决不能故步自封、举步不前，要紧跟时代的步伐与国家各方面方针政策，不断完善讲坛的思想引领性与科技先觉性；窗口，则象征着讲坛的包容性，世纪讲坛是北邮众多窗口之一，透过这扇窗，莘莘学子看到外面的世界，汲取方方面面的知识。世纪讲坛是一座桥梁，连接学生与科技的最前沿。长久以来，讲坛坚持着上述指导思想，真正做到"立足经管，惠及北邮"。

作为北京邮电大学的特色活动，世纪讲坛秉承"经管、人文、科技"的理念，力图通过文化传承创新三位一体讲座体系，同步推动北邮的师德师风、学术学风、文化创新和学科建设四个维度的发展，不仅办出了学院的特色，更为北邮的学生带来他们渴求的前沿知识。世纪讲坛成为北邮世纪先锋和改革教学方式的一种成功模式，也成为社会知名学者和北邮教师发挥才干、解惑社会热点问题的地方，成为在教学计划之外又一深受北邮学生欢迎的课堂。

创办至今，世纪讲坛先后举办大型讲座160余场，内容涵盖了IT

科技、电信管制、金融改革、经济发展、市场竞争、国际时事、艺术哲学、生涯规划等诸多领域，累计受众3万余人，在北邮师生中引发热烈反响。

  本书精心挑选了世纪讲坛中的10余场精彩讲座，旨在为读者提供一个深入洞察其独特魅力和深远意义的窗口。这些讲座不仅是世纪讲坛多年来卓越学术成就的缩影，也是对其教育理念和学术精神的精华提炼。每一篇摘录都是对知识的深度挖掘，对思想的精妙阐述，它们共同构成了一幅丰富多彩的学术画卷，展现了世纪讲坛在启迪思维、激发创新、促进交流方面的独特贡献。

世纪讲坛第37讲

——世纪讲坛四周年庆典

2006年11月29日

世纪讲坛四周年庆典举办了主题为"互联网冲击下电信网的价值"的精英论坛。此次对话的嘉宾有《通信世界》社长兼主编项立刚、北京邮电大学经济管理学院教授吕廷杰、北京邮电大学经济管理学院教授曾剑秋、信息产业部电信研究院副总工程师陈金桥、北京点击科技有限公司总裁王志东、中国互联网协会交流与发展中心主任胡延平、搜狐网副总编方刚。

七位专家从电信网和互联网的基本理念出发,各抒己见,指出互联网就是要充分利用电信平台,为网民提供更好的交流渠道;电信网要打造有秩序、有质量、可管理的通信服务。专家们还讲解了电信网和互联网的不同构架,从电信网和互联网发展的历程角度分析了电信发展过程中一些决策制定的原因和作用,并对互联网的商业模式进行深入探讨。

对于3G时代的移动信息网,专家们提出了计费模式决定3G业务的市场应用和发展前景的观点,对未来三网——电信网、广电网、互联网的融合提出了构想,并通过对互联网的管制和运营模式的分析,找到了电信网自身价值的定位。

此次庆典是互联网浪潮下,电信行业发展交流的一次盛会,给予北邮学子行业最前沿的思想指导与视界引领,时刻激励着北邮学子于互联网行业砥砺奋进,搏击风浪。

新时代的青春力量 >>>

世纪讲坛第 60 讲

——世纪讲坛六周年庆典

2008 年 12 月 5 日

世纪讲坛六周年庆典举办了主题为"畅谈未来互联网新机遇"的精英论坛。邀请到的对话嘉宾有北京邮电大学教授吕廷杰、百度公司副总裁任旭阳、酷6网董事长兼CEO李善友、当乐网总裁肖永泉。

各位嘉宾研讨指出，未来互联网应该是泛在的、高速的网络，世界互联网的中心将会在中国。更有嘉宾指出，未来十年最大的趋势就是互联网从原有的PC互联网向手机移动迁移，移动互联网蕴含机会，互联网应用将向手机终端平台迁移。

吕廷杰教授指出，从互联网发展最核心的技术来讲，两大核心技术一个是我们所关注的带宽问题的通信技术，还有一个是计算机技术；所以，未来的互联网应该是一个更聪明、更智能的网络。

百度副总裁任旭阳表示，中国互联网网民到了2.53亿，中国移动互联网的用户数也在不断攀升，中国马上要发3G牌照，这些大规模的用户基数会推动更多的新的用户需求出现，并推动互联网公司以及创业资金进入这个行业，总体上看，未来世界互联网的中心会在中国。

酷六网董事长兼CEO李善友则从传播媒介层面上分析了互联网的未来发展趋势。他指出，如果未来互联网能够有重大突破的，一定是一

158

种媒介的变化，比如说视频，能够把图像的东西从电视屏幕搬到网络上来看，这个变化是一种巨大的媒介型的变化。

当乐网总裁肖永全认为，互联网最大的一个趋势是将从原有的PC互联网向手机移动网络迁移。他指出，移动互联网在中国、在亚洲地区有机会超过PC互联网，随时随地移动是未来最重要的趋势。

在谈及移动互联网发展趋势时，论坛主持人飞象网CEO项立刚率先表示，传统互联网和移动互联网还是有很多不同的地方，第一点是只有移动互联网才可以容纳庞大的用户群，第二点是移动互联网具有强制性，移动互联网可能会创造出更多的、新的机会。

百度副总裁任旭阳对此表示赞同，百度也很关注中国移动互联网的趋势，认为其非常有可能像日本现在的格局，三大运营商使用三个牌照三分天下，充分的自由竞争市场，会推动移动互联网的发展和普及。

此次精英论坛的举办进一步拓宽了北邮学子的互联网领域前沿视野，在信息技术专家的探讨与分享中，无数青年学生获益匪浅，对信息科技领域的热爱再次提振。

世纪讲坛"特别奉献"讲座
——思维决定人生

2011 年 12 月 12 日

世界记忆之父,思维导图的发明者东尼·博赞(Tony Buzan)做客世纪讲坛,在科学会堂为师生们带来了主题为"思维决定人生:全球思维与发散性思维,世界记忆之父东尼·博赞思维导图分享会"的精彩讲座。国际象棋界最具有影响力的人物之一、棋圣雷蒙德·基恩(Raymond Keene)先生,以及亚洲首个世界记忆锦标赛个人总冠军王峰先生作为嘉宾出席了本次讲座。

博赞先生风趣幽默,用诙谐的话语和生动的事例向同学们介绍了思维导图的使用方法;并以"美学是受大脑哪些部分控制、文学是受大脑哪些部分控制、语言是受大脑哪些部分控制、想象力是受大脑哪些部分控制"四个问题作为课后作业,促进同学们后续探究。

博赞先生已不是第一个做客世纪讲坛的外国人了,通过世纪讲坛这一学术交流的平台,来自五湖四海的讲师们汇集于此,教授自己的学识,分享人生的感悟。闻道有先后,术业有专攻。讲师们尽己所能,传己所长,用自己的学识提高北邮人的学术水平,用自身的感悟与经验赋予学术内涵。

世纪讲坛第 80 讲

——世纪讲坛九周年庆典

2011 年 12 月 18 日

世纪讲坛九周年庆典举办了"信息产业精英论坛"。此次邀请的对话嘉宾有北京邮电大学吕廷杰教授、中国电信集团公司创新业务事业部总经理肖金学、HTC 公司中国区总裁任伟光、上海贝尔公司战略部副总裁万志坤等。

任伟光先生表示,版权问题是实现创新的道路上重要的法律保障,而利益驱动和教育体系的完善是实现创新必不可少的外力支持。

吕廷杰老师就移动互联网的应用趋势阐释了商务模式创新的重要性,并指出创新的第一大源泉是客户的抱怨。

"创新需要有直觉的力量",肖金学先生以乔布斯静坐的例子诠释直觉的意义,指出敢于承担风险才能在创新的大潮中异军突起。

万志坤先生指出,如何利用移动互联网的便捷性和辐射力挖掘商机,是在该领域实现新突破的基点。

项立刚先生表示,各种创新想法的提出都应基于实际的应用和体验,实践为创新点明了最根本的灵感来源。

移动互联网的创新讲座有效帮助同学们更深入地理解移动互联网的技术原理、发展趋势和应用场景,进一步推动其在学习和实践中更好地加以运用,为未来的职业生涯打下坚实的基础。

世纪讲坛第 108 讲

——世纪讲坛十二周年庆典

2014 年 12 月 25 日

世纪讲坛十二周年庆典为紧扣行业发展脉搏，以"互联网的开放式创新"为主题，创新性地开设了"V 讲堂"和"星讲堂"两部分。

"V 讲堂"包括 V 成长、V 投票、V 演讲、V 思辨、V 收获 5 个部分。V 成长指的是在线上让同学自由报名、简述自己的成长经历；V 投票指的是让大家对上述同学进行投票，选出 3 名学生代表进行命题演讲（V 演讲环节）；V 思辨是指现场演讲环节，观众可以抛出问题，你来我往，互问互答，碰撞思维的火花；V 收获是运用网络平台，进行内容推送，让同学们可以进行后续的学习与反馈，逐步扩大影响力。"星讲堂"是"V 讲堂"的升华，搭建"V 讲堂"平台，充分展示了北邮学子关于本次主题的演讲与思辨。

陶涛同学以日常生活中的"滴滴打车"为例，阐释了互联网的商业模式，并以小米手机为例，提出互联网时代抓住人心的"粉丝经济、口碑传播"营销模式，最后分析了一系列热门 APP 的创新之处，引发大家对互联网改变生活的思考。

黄林橙同学以"3 个问题、2 个因素、1 点梦想"为主线，简明扼要地向大家阐述了互联网行业产品营销的对象、方法以及所需要的品质，使大家对产品经理的工作有了初步的了解。

王辰光同学深入浅出地分析了互联网思维的精髓，不只是用户价值的提升，也是企业效率的提升，并指出"互联网的商业价值，终究会回到商业中去"。

在"V思辨"环节中，三名优秀的学生代表与同学们进行了思想的碰撞，他们针对互联网方面的问题进行探讨，引发同学们对互联网开放式创新更深的思考。

世纪讲坛十二周年活动是世纪讲坛创办多年来的一次创新，我们希望通过"汇聚V势力"的"V讲堂"系列活动，让同学更多地参与活动，以翻转课堂的形式，搭建平台，发挥学校特色，展示同学风采，引发大家思考，促进共同成长；希望通过"闪耀星讲堂"的"星讲堂"活动，让嘉宾与同学对话，将本次的论坛主题"互联网的开放式创新"进行升华探讨。

希望世纪讲坛能在给同学们带来更多精彩讲座的同时，为同学们搭建平台，让同学们走进讲坛，发出学子声音，让世纪讲坛周年活动成为课堂外教学活动的有效延伸！

世纪讲坛第 116 讲

——世纪讲坛十三周年庆典

2015 年 12 月 23 日

世纪讲坛十三周年庆典紧扣时代发展脉搏，引领学术创新，以"网络知识安全（学术版）"为主题，隆重举办"E+e"讲堂。讲堂分为"探索 E 思维"和"开启 e 讲堂"两部分。内容上，大写字母 E 代表着"经济"，小写字母 e 代表着"互联网"，诠释着"互联网+经济管理"的完美结合。

参加本次讲座的嘉宾有：中国科学院信息安全国家重点实验室教授、北京知识安全工程中心主任、博士生导师吕述望教授，北京邮电大学经济管理学院副教授、中国移动互联交通联盟秘书长吕亮老师。

首先，吕述望教授以"中国有互联网吗"的问题引出主题，梳理了网络与知识安全研究脉络并带领同学们认识了中国网络空间的现状。

其次，吕亮教授围绕信息的传递安全与大家展开交流，指出网络的实名制涉及个人信息传递泄密，也引发了同学们对"网络安全应该如何提升"的思考。吕述望教授进行了详细的阐述，他表示在有主权，不要受制于人的前提下，才有国家安全利益。加密的手段固然有好处，但安全加密通道是相对的，也需要付出代价，为顺利营造安全环境所付出的代价都是值得的。

最后，吕述望教授耐心细致地解答了现场同学们的提问，使大家受益匪浅，赢得了同学们热烈的掌声。

新时代的青春力量 >>>

世纪讲坛第 120 讲

——人生选择，有点意思

2016 年 11 月 9 日

世纪讲坛第 120 讲特邀央视著名主持人李思思开展"人生选择，有点意思"主题讲座，旨在为青年学子在人生发展的新阶段答疑解惑，分享有关人生选择的经历与经验。

李思思坦诚地表示，作为最早一批独生子女中的一员，从小她便习惯让父母代为选择，鲜有独立选择的机会，所以当走出象牙塔的一刻，面对前途迷雾重重，孤立无援的她唯有遵从内心的声音。而恰是得益于此，她完成了人生中的一次重大的嬗变：从少时以舞为语、不善言谈的内向女孩蜕变为如今自信美丽、独当一面的主持"一姐"。

自此无论是站在难以抉择的分岔路口，还是面对平坦顺畅的康庄大道，循心而行的她，心如不系之舟却始终能坚持驶向明晰的前方，山重水复之际亦能走出一片豁然开朗。她用自身主持的逸事，以及"勇敢选择，排除他难，是成功的不二法则"来勉励大家。

气质美如兰，才华馥比仙。李思思以其诙谐的语言、过人的思辨为同学们带来了一场知识盛宴。北邮学子们也从她的人生故事中，充分汲取灵感，不惧分岔路口，坚定找寻自己的未来发展方向。

世纪讲坛第 126 讲

——世纪讲坛十四周年庆典

2016 年 12 月 23 日

世纪讲坛十四周年庆典以"智变·智能互联新时代"为主题,通过主旨演讲和圆桌论坛的方式,邀请产、学、研、政府等各界嘉宾畅谈智能互联,为同学们展现前瞻思想和创新理念。

主讲嘉宾有国家行政学院教务部主任丁文锋教授、北京邮电大学吕廷杰教授、360 公司首席商务官杨超先生、微软亚洲研究院首席研究员刘铁岩博士。

主旨演讲环节中,四位来自不同领域的专家学者从自身出发,围绕互联网时代下各自行业的变革与创新为同学们带来了精彩绝伦的主题分享。

国家行政学院教务部主任丁文锋教授站在国家战略的高度,做了以"信息化是当代现代化的核心枢纽和平台"为题的演讲。丁教授表示,我们要树立互联网思维,在"智变·智能互联新时代"携手并肩、互动互联、智慧学习、智慧工作、智慧生活、智慧成长。

360 公司首席商务官杨超先生从企业实战经验的层面,发表了以"人工智能依赖大数据的渗透发展"为题的演讲。他通过自己的职业转型经历,详细探讨了大数据时代下人工智能的快速发展。微软亚洲研究院首席研究员刘铁岩博士做了题为"继往开来，推动人工智能的新浪潮"的精彩演讲。刘博士从"能听能说""慧眼识图""同声传译""竞技高手"四方面将人工智能的发展现状以有趣的视频形式展示给在场观众。他认为，人工智能未来掌握在你我手中，任重而道远。

北京邮电大学经济管理学院博士生导师吕廷杰教授从一个专家学者的角度发表了以"迎接智能互联网新时代"为题的演讲。吕教授从国际社会发展信息经济的历程和全球互联网发展总体趋势开头，指出区块链的发展势将引起各行业尤其是传统行业的跨界融合与革新。最后，吕教授表示，人工智能将为移动互联网插上腾飞的翅膀，并提出了在互联网广泛拥抱实体经济的未来趋势下对北邮经管学子的希冀。

圆桌论坛环节中，四位专家激情畅谈，从国家信息安全谈到个人网络安全，从人工智能谈到人机融合，从供给侧改革谈到互联网对草根阶层的冲击，观点交锋之时，思想碰撞，百家争鸣。

妙语连珠串联时代技术与梦想，鞭辟入里深剖变革机遇与挑战。从3G到移动互联网，从移动互联网到"互联网+"，经管学子一直把握住信息时代发展的脉搏，在信息化的道路上勇攀高峰，碰撞思辨火花，在新时代浪潮中扬帆远航！

世纪讲坛第 137 讲

——世纪讲坛十五周年庆典

2017 年 12 月 22 日

十五周年庆典暨"共联·智享"主题论坛在北京邮电大学西土城校区科学会堂隆重举行。莅临本次活动的嘉宾有：国务院发展研究中心资源与环境政策研究所副所长李佐军教授，中国信息经济学会常务副理事长、北京邮电大学经济管理学院博士生导师吕廷杰教授，IBM 大中华区 Watson 物联网事业部总经理李国志先生，华为战略市场部总监李翔宇先生，总裁教练、原 AMD 全球副总裁、群智教练中心创始人兼 CEO 吴彦群博士。

主旨演讲环节中，四位来自不同领域的专家学者围绕"共联智享"这个主题，为同学们带来精彩绝伦的主题演讲和讨论，带领同学们共赴思辨之旅。

国务院发展研究中心资源与环境政策研究所副所长李佐军教授带来题为"培育壮大新动能，大力发展共享经济"的主旨演讲，向同学们解释了新动能与旧动能、共享经济发展趋势等重要内容。

IBM 大中华区 Watson 物联网事业部总经理李国志先生的演讲主题是"物联网+人工智能——共享经济时代企业发展新动力"。他指出，大数据、代码定义/API、认知计算，这三大技术趋势相互叠加将推动行业创新与变革。此外,他还从企业发展的角度诠释了未来共享经济背景下,企业应采取哪些措施、向哪些方向发展等重要问题。

华为战略市场部总监李翔宇先生以"万物智联,走向数字化之路"为题做主旨演讲。他从ICT产业的发展机遇、5G与万物智联、物理世界数字化、AI多场景应用等方面做了精妙阐述与解答,使在场同学们受益良多。

吕廷杰教授以"共享经济——是什么、为什么、怎样做"为主题登台演讲。吕教授从共享单车谈起,详细地讲述了共享经济的概念和发展趋势,并对共享经济是什么、为什么、怎么做三方面进行了独到的解读。

在吴彦群博士主持的"共联·智享"圆桌论坛中,五位嘉宾共话畅谈,思维交锋碰撞。有关共享经济前沿理论话题启人深思,幽默的言辞令人沉浸。北邮学子们怀揣着对新思想、新理念的渴求,如饥似渴地汲取着知识与思想。

经明行修,思源养性济天下;管之有道,格物致知理四方。世纪讲坛十五载,思辨之旅不停息。思维碰撞的火花在言语间迸发,上下求索的真理在实践中验证,世纪讲坛,在真理与实践的路上不忘初心、继续前行!

世纪讲坛第 139 讲

——大学生对科学的一"网"情深

2018 年 4 月 1 日

　　世纪讲坛第 139 讲有幸邀请到第七届菠萝科学奖幻想奖的获得者、清华大学化工系博士毕啸天（毕导），开展主题为"大学生对科学的一'网'情深"的讲座。

　　"毕导"用诙谐幽默的语言讲述在实验、生活中遇到的种种趣事以及他在观测世界时的独到见解。他认为，人的发展道路有很多种可能。他经常反思，自己长久做的事情是不是自己的兴趣所在，以及能否带来物质和精神上的正反馈。

　　"无论成功还是失败，都是 25 岁孩子的一笔宝贵财富。""毕导"以自身做自媒体时的心路历程，带领同学领略人生别样的风采，并向同学们寄语，鼓励青年在人生旅程中勇于尝试，积极拥抱人生旅程中每一处高低起伏。

　　本次讲座中，"毕导"带领同学们以科学的思路研究生活中的点滴，在有趣的网络文化中领悟智慧的人生哲理，让同学们近距离地领会到了科研人的一"网"情深。

世纪讲坛第 140 讲

——数字经济时代的机遇与挑战

2018 年 4 月 24 日

信息经管聚人才，数字经济领时代。世纪讲坛第 140 讲特邀国际电信协会常务理事、中国信息经济学会常务副理事长吕廷杰教授主讲，开启主题为"数字经济时代的机遇与挑战"的数字经济讲座。

吕廷杰教授深入分析了当代中国数字经济产业的现状，指出其所占 GDP 比重持续处于高速增长状况，进而带领同学们一览全球互联网总体发展趋势，梳理互联网经济大脉络。吕教授还抛出了"真正的互联网逻辑与思维"的概念，指出"+互联网"与"互联网+"的本质区别，帮助同学们更好地辨别共享经济与共产经济。

吕教授提出的"在融合中发展，在发展中融合"的互联网思维方式，让同学们明白如何正确面对发展迅速、传播迅猛的网络文化，并用正确的方法传播网络优秀文化。

吕教授循循善诱，教导同学如何发散思维，在网络文化蓬勃发展的大背景下充实自己，培养互联网思维，问答之间碰撞出了思维的火花，听众受益匪浅。讲座在丰富同学们课余生活的同时，带领大家紧跟时代潮流，重新认识网络文化的深刻内涵。

世纪讲坛第 144 讲
——人生体验与治学格言

2018 年 9 月 21 日

世纪讲坛第 144 讲特邀中国人民大学工业经济系主任、博士生导师、兼任中国企业改革与发展研究会常任理事、中国综合开发研究院理事邓荣霖先生作为主讲嘉宾，开展主题为"人生体验与治学格言"的讲座。

邓荣霖先生简述了他那个年代他所遇见之人与所经历之事，向同学们展示了当年刊登事迹的报纸。随后，邓先生让同学们分别记下了四句总结了他的人生体验的话和四句治学格言。

邓先生将自己数十年的人生感悟毫无保留地传授给同学们，理论与实践相结合而得出的这些人生道理的总结，无不凝结着邓先生对后辈的关怀。邓先生寄语青年同学常思常悟，要一代更比一代强！

持之有故，言之成理。此次讲座，邓荣霖先生以自己的人生体验为例，作为前人将自己所思所感所悟传授给后辈，有理有据，用心良苦。希望同学们不负厚望，青出于蓝而胜于蓝。

世纪讲坛第150讲

——世纪讲坛十六周年庆典

2018年12月24日

世殊时异起巨澜,纪文言志灵犀间。讲古论今攻术业,坛前青松待少年。北京邮电大学经济管理学院世纪讲坛十六周年庆典暨"精英领航·青年情怀"主题论坛特邀资深外交家、现任中国国际公共关系协会会长、原联合国副秘书长吴红波大使,中国信息经济学会常务副理事长、北京邮电大学经济管理学院博士生导师吕廷杰教授,华扬联众数字技术股份公司CIO、清华大学国家形象传播研究中心秘书长、公共关系与战略传播研究所副所长潘建新教授,外交学院国际关系研究所教授、外交学院日本研究中心副主任,中央电视台、中国国际广播电台特约评论员周永生教授。

吴红波大使带来题为"时代变局,大国担当"的主题演讲,清晰分析当代国际环境,阐述了中国在全球治理中经济、政治等多方面的贡献。演讲详细介绍了联合国组织设置、经费管理等内容,呼吁在场学生培养参与全球治理的能力,有朝一日能够成为处理国际事务的专业人才,勇担青年之责,投身祖国建设。

吕廷杰教授的演讲主题为"改变自己——成长的力量"。吕教授讲述了改革开放40年来全球技术变革,以及改革背景下银行、邮政等行业的变化，通过生动的故事总结马云等企业家的成功秘诀——改变自己。吕教授指出，在时代与周围环境的变化下，改变是前行不可或缺的力量。

潘建新教授带来以"我与公共关系"为题的主旨演讲。潘建新教授以幽默的语言、渊博的学识生动形象地介绍了公共关系的相关知识，逐渐将现场气氛推向高潮。

周永生教授带来题为"从自己的人生经历中看待如何培养国际视野"的演讲，周教授风趣地讲述了自己中学时代的经历，感召年轻人树立高远目标，以康熙、彼得一世等中外伟人的对比，阐述学习先进经验的重要意义。

"精英领航·青年情怀"圆桌论坛环节由潘建新教授主持，四位嘉宾共话青年成长，从不同角度讨论青年学子应不负青春韶华，不负时代重托，树立家国情怀，成就精英梦想，引导当代青年学会思考、学会沟通、善于表达、精益求精。

世纪讲坛第 156 讲
——解读传统文化中的人生智慧

2020 年 12 月 2 日

世纪讲坛第 156 讲成功邀请到《百家讲坛》主讲人赵玉平老师为同学们带来一场题为"解读传统文化中的人生智慧"的专题讲座。

赵老师由四大名著开始，带来了他的文化之旅。从三国桃园三结义到水浒认义，从西游收徒到红楼认亲，在赵老师看来，四本书说了同一件事：幸福的事不是做什么，而是和谁一起做，蓬生麻中不扶自直，白沙在涅与之俱黑。

赵老师结合自己的人生阅历和生活中的实例，深入浅出地讲述传统文化中蕴含的人生智慧。读一点史书，品一些小说，悟一些家书，赵老师的教诲如春风化雨。从儒家文化中看人和他人，从道家文化中悟人和心灵，从法家文化中观人和规则，从佛家文化中品人和自我，在一期一会、一叩一问中，我们终将发现，每一扇门里都有光，每一扇门里都有方法和钥匙，它们是生命的滋养，让每一个取之信之用之的人脚下有高度，人生有风景。

"解读传统文化中的人生智慧"专题讲座不仅为校园增添了浓郁的人文氛围，也让北邮学子们深刻感受到中国传统文化的博大精深，在修身、选人、用人、授权等方面都有了深刻的认识和收获。

世纪讲坛第 159 讲

——目光，我的医学窥镜

2023 年 4 月 19 日

"有人时，形如少年；无人时，也能安然自处。不为功名所累，不受情绪所控，永葆初心，心中坚定，沉默亦如雷。"从医 20 余年，陶勇教授将医学作为窥镜，对生与死的交替、善与恶的选择、放弃和坚守的挣扎产生许多感悟。经历人生至暗时刻后，他收获了更多勇气，走出了更开阔的人生路。

世纪讲坛第 159 讲有幸邀请到"中国医师奖"获得者陶勇教授以"目光，我的医学窥镜"为主题开展讲座，讲述他"是旷野而非轨道的人生道路"，给面对职业抉择、发展困惑的北邮学子开出了一剂"心灵"的良方。

陶教授以其独具一格的风趣幽默讲述自己幼时的医学启蒙、医学初心以及求学经历，以"技""艺""理"三字为脉络，讲述自己的从医经历及阶段性看法。从医一途，需要逆水行舟的勤奋与坚持、享受美感的敢舍与谦卑和使自我内心充盈的自利与利他的平衡之道。一名医生的初心，于陶教授而言，是深入偏远地区培训村医的广博大爱，是醉心科研转化成果的 10 年坚持，也是在一次次与孩子们的治疗和交流中传递的善良与温暖。

"我对医学的理解就是加入一场无限游戏。"陶教授将他的医学之路看作一场充满使命感的无限游戏。他借用梅藤更先生的名言:"好的医生应该具有3个'H':head是知识,hand是技能,heart是内心。"这是他对职业的理解——医生,以"仁"为大德。

陶教授如此总结他的"新医学视角":以医疗和科研为中心,前置是科普防治与早期诊断,后延是人文与公益。同时还积极融入了现代网络媒体,在音频、短视频、出版等领域大力开拓。正如他曾经所说,"没有关怀的医学是冰冷的,可是没有技术的关怀是滥情的",他正在以身作则,不断前行。

"目光,我的医学窥镜"主题讲座带领大家走进陶勇教授的行医生涯,深刻体会到身为一名医生身上所肩负的职责,感受陶教授眼中那个广博、美好又温暖的人世间。"世界如此美好,值得我走这一遭。"相信同学们都已在这次分享中找到自己所需的答案,无论是放弃还是坚守,是选择少数还是多数,都能有所启迪,豁然开朗。